お見合いから逃げ出したら、助けてくれた陸上自衛官に熱烈求婚されることになりました

m a r m a l a d e b u n k o

木登

マーマレード文庫

目次

お見合いから逃げ出したら、助けてくれた陸上自衛官に熱烈求婚されることになりました

プロローグ

いま私の顔は生まれてきて一番、真っ赤でふにゃふにゃで、嬉《うれ》しさが溢《あふ》れて頬に締まりがないのを自覚している。

口元だって、にっと笑ったまま戻らない。

息をするたびに吸い込んだ空気がガソリンになって、心臓で小爆発を繰り返し巡くんが好きだと心臓をバクバク動かす。

「……巡《じゅん》くん、好き」

ソファーで私の隣に座っていた巡くんにいきなり抱きついたら、逞《たくま》しい体がかちんと固まってしまった。

「り、利香《りか》ちゃんっ」

ものすごくモテそうな整った魅力的な顔をしているのに、女性とあまり関わりがなかったという巡くんの動揺が触れ合った体から伝わってくる。

今日は、巡くんが私の部屋に泊まってくれる。隊舎には外泊届というものを出してくれたので、明日の夕方くらいまで、なにかない限りはずっと一緒にいられるそうだ。

一度泊まってくれたことはあったけれど、あのときは親友の子供を預かっていたので、甘い雰囲気は一旦置いておき光《ひかる》くんが寂しくならないようにするのが最優先だった。

『改めて泊まりに行っていい？』と巡くんが私に伝えてくれたとき、これがメッセージのやり取りで本当に良かったと思った。

だって私の顔は熱を持つほど火照っていたし、返信をしたあとはクッションを自分の顔に押し付けて声にならない声で叫んでいた。

それからスマホが間違って通話になっていないか確かめて、再びクッションに顔を押し当てて喜びと緊張からせり上がる声を上げた。

浮き足立ちながら毎日過ごして、寝る前には料理の本や動画を更にたくさん見た。

はじめての彼氏。その巡くんが、泊まりにきてくれるのだ。

そうしていま。巡くんは、私の部屋にきてくれている。

色んなことがあったけれど、巡くんのおかげで私はいままでの〝人の顔色を窺《うかが》う〟自信の持てないやっかいな性格から解放された。

私がごちゃごちゃと考え過ぎなくても、巡くんは私のことを好きなんだと疑いようがなくわかったからだ。

それは天啓に近い、頭の真上に天から矢でもすとんと降ってきたかのような理解だった。

好きな人に、好かれている。

巡くんは私に何度も言葉や行動で伝えてくれていたのに、ようやくいまになってそれがわかった。

その奇跡は、私のガチガチに凝り固まった、自身を守ってきた歪《ゆが》んだ殻にヒビを入れた。

割れたそこから自信がじわり、と湧き出して止まらなくなっている。

体中の細胞が巡くんが好きだといって、行動を起こさせる。恥ずかしい気持ちはあるけれど、私は広げた両手いっぱいで巡くんの存在を確認して感じたかった。

抱きついた巡くんの耳元に、堪らずまた好きだと囁《ささや》くと、ごくりと巡くんの喉が上下するのが聞こえた。

それから、そうっと私を包み込むように巡くんの腕が背中に回された。

私の何倍も力が強いのに、まるで小鳥の雛《ひな》にでも触れるような慎重さだ。

その柔らかで繊細な力加減に、愛情を感じざるをえない。

「……っ、大好き」

口にするには思い切り勇気がいって、いつもたくさんは言えずにいた巡くんへの素直な気持ちが言葉と行動になる。

更に強く抱きついた私に、巡くんは「我慢できなくなるから……っ」と恥ずかしそうに呟《つぶや》く。

そうしていつもは真剣な瞳の奥に、欲を孕《はら》んだような眼差しで私をとらえる。

呼吸が静かになって、巡くんの唇が近づいてきて。

私はそっと息を止めて——。

一章

瑞々《みずみず》しく甘い香りがする、真っ赤で大きな苺《いちご》ののったショートケーキ。

栗《くり》の風味たっぷり、黄色のクリームが絞られたモンブラン。

ココアクリームにチョコスポンジ、小さな板チョコがトッピングされたチョコレートケーキ。

取っ手のついた白い紙箱から、母が慎重にひとつずつ皿に移していく。

ふたりの兄が『おお～っ』と感嘆の声を上げテーブルに手をつき興奮で飛び跳ねるのを、母が『こらっ』と短く制する。

幼い私は喜びで漏れそうだった声を慌てて呑《の》み込んで、兄たちの後ろからその様子をじっと見ていた。

頂き物のケーキだった。きっとあれこれ種類があった方が子供たちが喜ぶだろうという、先ほど帰った客人の善意だったのだろう。

三人きょうだい、普段のおやつはケンカがないようにと母が同じものを選ぶ。しかし今日はケーキで、種類もそれぞれ違っている。

だから、三つのケーキはいっとうに特別なおやつに思えた。

皿に移す途中で落とさないかとハラハラしながら見守るなか、その形を崩すことなく、母の手により器用にケーキは皿に移される。

テーブルに並んだ、どれも美味しそうなケーキが三つ。

『さあ、利香はどれが食べたい？』

一番年下の私を気遣う母の声、兄たちの自分も早く選びたいといった視線が私に集まる。

兄たちの顔を見る。涼《りょう》兄ちゃんはきっと、チョコレートを選ぶ。さっきからトッピングされた板チョコに触れたそうに手を伸ばしていた。

翔《しょう》兄ちゃんは……わからない。苺も好きだけど、栗だって嫌いじゃなかったはずだ。

そうだ、お母さんのぶんは？　私がいなければ、あのなかのどれかはお母さんのケーキだったのかも。お客さんは、私がいるなんて知らなかったかもしれない。

挨拶をした私を見て、一瞬驚いたように……見えた気もする。

『好きなの、選んでいいのよ？』

優しい母の声。決して私を急かしたりしない。

明るい兄たち、穏やかな父。この人たちと家族になったのは最近のことだ。

——これは五歳頃、私がいまの親元、栢木《かやき》家に引き取られたばかりの頃の記憶だ。

栢木家に引き取られるまで、産みの母とその恋人に酷く疎《うと》まれ育ってきた私は人の顔色ばかりを気にして生きていた。

だから、人の優しさの裏を無意識に探ってしまう。考え過ぎてしまうのだ。

どれを選んだら叱られない？　がっかりされない？　お腹いっぱいだと嘘《うそ》をついて、選ばない方がいい？

ふっと、不機嫌な産みの母の顔が頭に浮かぶ。

『あんたのせいだよっ！』

上手くいかないのはお前のせい、耳に残る産みの母から言われた言葉が頭に響く。

あんなに楽しみだったケーキは、一瞬にして悩みの種に姿を変えてしまった。

私は三人の前で曖昧《あいまい》に笑みを浮かべて、ごめんなさいと謝り首を横に振ったのを覚えている。

勝手にわいてくる涙のせいで、母の顔も兄たちの姿も、楽しみだったケーキも、ゆらゆら揺れて頬に流れる。

五歳でも、ただの幼いなにもわからない子供ではなかった。

新しい母の優しさが、いままで育ってきた自分を取り巻いていた環境の異様さに光を当てるようで怖くなった。

恥ずかしい、惨め、寂しい、そういった記憶に光が当てられて、自分が普通の家の子供ではなかったことをどんどん自覚していくのが怖かった。

場を一瞬で暗くしたのを肌で感じながら、それでも止まらない涙はついにぽたぽたと床に落ちる。

……その後のことは、よく覚えていない。

母にフォローされてケーキを食べたのか、いらないと突き通して口にしなかったのか。

〝三つ子の魂百まで〟なんていうけれど、私は結局この気にし過ぎる性格を成長過程で改善したとは言い切れず。

明るく優しい栢木家に引き取られたにもかかわらず、幼い頃の体験や記憶は根深く残ったままだ。

そうして私はいつまでも人の顔色を気にし過ぎてしまう、自己肯定感低めの大人になってしまったのだった。

――はっと目を覚まして、見慣れた部屋の天井を見たとき。私はふー……っと深く息を吐いて、自分がもう子供ではないことに心から安堵《あんど》した。

産みの母と離れてかなり経つのに記憶はいつまでも姿形をその都度変え、忘れるなと言わんばかりに夢という形で私に見せてくる。

『わたしのすべてが上手くいかないのは、お前を産んだせい』

一緒に暮らしていた恋人とケンカするたび、産みの母は怯《おび》える私に向かい厄災とばかりにそう言っていた。

なのに姉である私のいまの母に説得されるまで私を手放せなかったのは、産みの母がある意味では私に依存していたからだ。

立ちいかない状況を誰かのせいにしてしまう。それがたとえ実子だとしても、産みの母にとっては精神的に必要な存在だったのだろう。

私が引き取られていなくなって、少しは後悔しただろうか。確かめるすべはなかったけれど、私はそう思わずにはいられない時期もあった。

いまは……自分の生活に集中しているぶん、産みの母のことを思い出すこともだいぶ少なくなっていた。

SNSでは、似た境遇で大人になった人々がいまもつらい気持ちを抱え、悩みを発信していた。

産みの母のような人たちは『毒親』と呼ばれ、壮絶なエピソードが綴《つづ》られる。

それを読んでいると傷つき気が重くなるが、産みの母に対して恋しい気持ちがない自分は薄情だと思っていた。でもその感情が正常なのだと知り救われた面もある。

毒親から距離を置く、逃げ出すのは自分を守るためで、決して薄情ではない。

生きていくためには仕方ないことで、毒親から搾取された色々な感情や時間をこれから取り戻そうと前向きな投稿には胸が震えた。

季節は梅雨入り前、六月のはじめ。この過ごしやすい季節も、あと一、二週間先では雨模様の多い日が増えていくのだろう。

昨日寝る前に見た天気予報通り、本日は快晴らしい。すっかり陽が昇っているのか、窓の外からは人々が奏でる生活音が聞こえてきている。

マンションの真下にある公園からだろうか、子供たちのはしゃぐ声。車の走行音、軽やかな野鳥の囀《さえず》り。どこかのお家からか、洗濯物を干す前に、パンッパンッと叩《たた》き振る音。

特にタオル類は何度も叩き振り、パイル地を立たせるとふんわりと乾くと聞く。梅雨入りをもうすぐに控え、これから貴重になる晴天をいま利用するに越したことはない。

目を閉じ聞こえるその音に耳を澄ませながら、やっと現在何時か確認するためにベッドサイドに置いたスマホを手探った。

ひとり暮らしをはじめて二年。二十五歳になった私は、日曜日だけはいくらでも寝ていいと決めている。

土曜日のうちに部屋の掃除や大物の洗濯を済ませ、数日分の食料の買い物をする。友達との約束や美容院も、なるたけ土曜日にしている。

小さな会社での事務員、デスクワークだが従業員が少ないぶん、雑用や色々と気を遣うことも多い。

土曜日を用事のためにすべて捧《ささ》げ、なにもしない完璧な日曜日を得るのだ。

そうして大事な日曜日は好きなだけ寝て、なんなら午後になっていてもベッドのなか、なんてときもある。

喉の渇きを覚えれば水分補給。立ったついでにバナナや菓子パンを食べ、またベッドへ戻ってスマホでサブスクリプションを利用した映画をひとり楽しむ。

誰にも会う予定を入れないこの時間は、平日張り詰めている神経を解すためのものだ。

だから、できれば本当に、よっぽどのことでもない限りは部屋から出たくないのだけど……。

――手に取ったスマホは、長兄である涼兄ちゃんからのトークアプリのメッセージを示していた。

『利香、まだ寝てるかな？』

メッセージは九時に届いていた。いまを示す時刻は十時を少し過ぎている。

「……あれ、どうしたんだろ」

スマホの画面を見つめながら、思考が徐々にスピードをつけて回りはじめる。

四つ歳上の涼兄ちゃんと、三つ歳上の翔兄ちゃんは、ふたり揃《そろ》って陸上自衛官だ。

私の暮らす市の隣の船橋《ふなばし》市にある駐屯地で、日本で唯一の落下傘部隊・第一空挺《くうてい》団に所属している。

寒空の一月に行われる公開演習も見に行ったことがある。空飛ぶ大きな輸送機から次々とパラシュートで隊員が降りてくる光景を、私はハラハラしながら拳を握って見守った。

毎日厳しい訓練に明け暮れているとは聞いていても、安心することなんてない。

パラシュートが開かなかったら、予備があるとはいえ完全に不安は拭《ぬぐ》えない。

兄たちは、自分のことを『どこにでもすぐに駆けつける将棋の歩』だと簡単に言う。

輸送機やヘリコプターに乗り込み、有事が起きた最前線に空から飛び降りる。陸からの突入が難しい、でも空からなら……の場合が兄たちの出番だ。

ただ、やはり降下の間には無防備になる。無事に皆が降下するために、更に先に秘密裏に降下し風向きの確認や誘導をする小隊があると聞いた。

私もなるたけ自分でも空挺団のことを調べてはいるけれど、知識が増えるほどに、その過酷さや厳しさを知り胸が潰れそうになった。

ふたりとも、私の自慢の兄たちだ。自分の仕事に誇りを持ち、おごらずにストイックに仕事を続けている。

日曜日に私が極力予定を入れないことを知っている兄からのメッセージは、胸をざわざわとさせる。

引き取られてきた私を『りかは、おれたちの妹だから！』と言って、あれからずっと可愛がってくれている兄たち。

私は慌てて電話をかけようとスマホの電話履歴を開いたけれど、向こうの状況がわからないのでまずはメッセージを素早く打ち込んだ。

『メッセージの確認に時間がかかってごめんなさい。いま起きました。なにかあった？』

謝罪と、それからなにかあったのかをメッセージとして打ち込んで送信する。

ベッドの上で正座して画面を眺めていると、ぽんっと既読がついた。

それからすぐに、電話が鳴る。メッセージが返ってくるものだと思っていたから、慌てて電話に出た。

「もっ、もしもし？　涼兄ちゃん？」

『利香、おはよう。起こしちゃってごめんな』

「起こされてなんてないよ、逆に寝ててメッセージに気づかなくてごめん」

再度謝ると、涼兄ちゃんは『大丈夫』と言って笑う。ガヤガヤとした喧騒《けんそう》が電話越しに聞こえてきて、涼兄ちゃんは普段暮らす隊舎ではなく外に出ているのがわかった。

『この間連絡取り合ったとき、次は焼肉でも行きたいねって話になってたろ？　急だし日曜日だけど、これから出てこないか？』

確かに、焼肉の話をした。私たち家族が昔から焼肉といえばここ！というお店がある。

久しぶりに食べたいね、暑くなる前に一度行きたいねと涼兄ちゃんとメッセージでやり取りをしていた。

「焼肉……？　怪我とか病気じゃなくて良かったぁ」

お兄ちゃんたちになにかあった訳ではないとわかり、ほっと胸を撫《な》で下ろす。

『誤解したか、心配かけてごめんな。翔も一緒にいる、あとオレらの後輩もひとりいるけど、気構えなくてもいい奴だからおいで』

涼兄ちゃんの言葉のあとに、『涼さんっ！』と知らない男性の声がすぐにした。多分、その声の主が涼兄ちゃんの言う〝後輩〟さんだろう。

……正直、返事にとても困った。

兄たちはいままで私に、自分の職場の人を紹介したりすることは一度もなかった。気遣い過ぎる私の性格を知っているから、負担にならないよう配慮してくれていたんだと思う。

妹を紹介しろって言われてるけど、全部断ってるんだと言っていたことがあった。

それが、はじめて誰かを連れて一緒に食事をしようとしている。

言葉に詰まる私に、涼兄ちゃんはぼそりと呟いた。

『大陸まんぷく飯店特選、厚切り牛タン』

「……っ、牛タン……！」

『ほろほろに煮込んだカルビがのった旨辛クッパ』

焼肉店・大陸まんぷく飯店の厚切り牛タン、それに旨辛クッパは私の大好物だ。体は正直なもので、お腹は鳴り出し喉が鳴る。

『今日は翔の全額おごりだぞ』

「おごりっ⁉」

『ああ。今日は後輩の誕生日祝いなんだ。翔が後輩に声をかけて、オレがそれに乗っかって……なら利香も呼ぼうってなった訳』

なぜそこで私に声がかかるのかいまいちわからないが、きっとその後輩さんのお祝いと私に会う約束を一度に済まそうとしているのだろう。

一度焼肉の口になってしまったら、なかなかその魅惑的な誘いから逃れることはできない。

目の前の七輪で焼かれ、溶けた脂が炭火に垂れ火が燃え上がるのを『熱いっ』なんて言いながら焼くのがいい。

七輪の上でじゅうじゅうと焼ける肉の姿やかぐわしい匂いをアテに、熱々の肉を頬張るイメージをしてビールを喉に流し込むのが最高なのだ。

こうなったらもう、焼肉弁当ではこの食欲を鎮《しず》めるのは大変難しい。

私は焼肉が大好きだ。

「……わかった。行く、翔兄ちゃんに私もおごってもらう」

『おう、決まりだな。じゃあ十二時に直接、大陸まんぷく飯店で待ち合わせでいいか?』

「うん。日曜日だし、混むと思うから涼兄ちゃんたちは先にお店に入ってて」

『確かにそれがいいかも。適当に先に頼んでおくから、利香は十二時にきてな』

またあとでトークアプリにメッセージを入れると言って、涼兄ちゃんは通話を切った。

焼肉に行くとなったら、私の行動は早かった。ベッドから飛び降りて顔を洗い、保湿をしながら部屋のカーテンを全開にする。

目の眩《くら》むような光を浴びて、これから知らない人に会うのか……と緊張したがお兄ちゃんたちの後輩さんだ。

今更やっぱり行きません、なんてなんだか失礼だしお兄ちゃんたちにも申し訳ない。行くと自分で言ったのだから、責任を持たないといけない。臭いが多少ついても良い服を選び、軽くメイクをして髪をラフにまとめた。

鏡のなかの私は、ふわっとした印象の普通の、年相応の女の子だ。柔らかなメイク、髪色、いかにも人畜無害な印象に見える。

でも大きく見える瞳はいつもどこか自信がなさげで、見つめられれば、おどおどと揺れる。人と目を合わせるのは正直、あまり得意ではない。

セミロングの髪はお手入れのおかげで艶々《つやつや》としているけれど、ちょっとさぼるとパサつきが気になりだす難儀な髪質だ。

特別プロポーションが良い訳でもなく、本当にどこにでもいる年相応の女性。それが私。

外面はこれで十分。だけど問題の内面を変えたいと思っても、これがなかなか難しい。優しい両親や兄たちの側で、守り育ててもらったのに。

そのおかげで心だって回復しているのに、いつもあと一歩が踏み出せない。

「中身はちっとも変わらないね……もっと自信が持てたら良かったのに」

ひとつ息を吐きながら、鏡から視線を外し離れた。

そうしてシンプルなポチ袋に五千円札を折ってバッグに忍ばせる。翔兄ちゃんのおごりと言ってくれたけれど、帰り際にお金を渡した方が私は気が楽だからだ。

電車の時間を気にしながらマンションを飛び出すと、力強く葉を茂らす新緑の匂いを含んだ爽やかな風が吹き抜ける。

久しぶりに兄たちに会える。焼肉も楽しみ、後輩さんに会うのは緊張してしまうけれど。

「お兄ちゃんたちの後輩さんだから、余計なことは言わないようにしよう」

お喋《しゃべ》りが上手い方ではないから、必然的に聞き役に回ることが多い。咄嗟《とっさ》に話を振られても変な返事をしないようにしなくては。

それに後輩さんのお誕生日のお祝いの席に飛び入りさせてもらうのだから、ささやかな贈り物を用意した方がいいだろう。

「彼女さんや奥さんがいるかもしれないし、負担にならない……小さな詰め合わせにしよう」

甘いものが苦手だったらおすそ分けにできる、お菓子みたいな気軽な消え物がいいだろう。個包装されていて、配りやすいものがいい。

駅へ向かって歩きながら、頭のなかでお菓子が買えるお店をピックアップしていた。


『大陸まんぷく飯店』の店内は、日曜日だけありかなり賑《にぎ》わっていた。

入口では古いホテルのロビーに吊《つ》るされているような、小さめのシャンデリアが出迎えてくれる。開店した当初は煌《きら》びやかな内装が流行っていたのか、高い天井に金色に似た壁紙。背の高い観葉植物があちこちに置かれ、レジ下のショーケースのなかには子供向けの簡易なオモチャが並べて売られていた。

当初は高級志向だったのかもしれない、そんな名残のあるお店だ。

入店した私に気づいて出迎えてくれた店員さんに、すでに先に家族がきていると伝える。

『大陸まんぷく飯店』の広い店内はテーブル席とお座敷で仕切られている。だいぶ年季の入った店内だけど、清掃が行き届き脂でベタつく不快感などはまったくなく、ほぼ満席だ。

排煙システムが働いているので煙たくはないが、空腹を刺激する焼けた肉のいい匂いで満たされている。

私がはじめて連れてきてもらったときから、『大陸まんぷく飯店』はすでにいまでいうレトロな感じだった。ファミリーレストランのような雰囲気で、子供連れでも来店できる気兼ねない造りだ。

ずっと長い間、たくさんのお客さんに愛され営業を続けているのだろう。私たち家族も、節目やお祝いのときなどに食事の候補に挙げるお店だ。

子供の笑い声やはしゃぐ声、肉の焼ける音があちこちから聞こえる。

店内に進みきょろきょろと見渡すと、奥のテーブル席から逞しい腕が私に向かいひらひらと振られていた。それから、涼兄ちゃんが中腰で顔を出す。

「利香～っ」

涼兄ちゃんが周りを気にしながら、あまり大きな声にならないボリュームで私を呼ぶ。

　私は小さく手を振り返しながら、一番奥のテーブルに近づいていった。

「利香、日曜日に呼び出してごめんなぁ」

　翔兄ちゃんが、申し訳なさそうに私に謝る。

「いいよ、大丈夫。それに今日は翔兄ちゃんのおごりだって、涼兄ちゃんから聞いてるから」

　翔兄ちゃんが気にしないように明るく振る舞うと、翔兄ちゃんの隣、奥側に座っていた男性が私にぺこりと頭を下げた。

　——……っ、心臓が止まるかと思った。状況が呑み込めなくて、目を丸くしてしまう。

　どこのアイドル、または俳優さん？と兄たちふたりまとめて聞いてみたくなるほどのイケメンがそこにいた。

　聞いてない。いや、後輩さんがいるとは聞いていたけど……えっ、もしかしてお兄ちゃんたちと同じ自衛官なんだろうか。

「はじめまして。涼先輩と翔先輩にお世話になっています。2等陸曹、廣永《ひろなが》巡と申します」

狭いテーブル席でもなんなく立ち上がり、自分の名前を名乗った男性は深く頭を下げて挨拶をしてくれた。

綺麗《きれい》に整えられた眉にくっきり二重の目、すっと高い鼻に、薄く形の良い唇。口角が上がり、ひと目で誰もが好印象を持つだろう、明るい雰囲気がある。

背も高く、清潔感もある。お兄ちゃんたちの後輩さん、自衛官ではなく芸能人かその関係の人みたいだ。

黒髪が窓際から入る陽光に当てられキラキラと光り、パーカーとジーンズというラフな服装なのに、ここは撮影現場か？と思うくらいにそこだけ次元が違っていた。

私を見つめながら、にこっと笑みを浮かべている。

「びっくりするよな、巡がかっこよくて」

「……っ、ごめんなさい！　兄たちがお世話になっています。妹の、栢木利香です」

私は涼兄ちゃんの声で、後輩の廣永さんの顔に思いっきりみとれてしまっていたことに気づいた。

慌てて挨拶をして頭を下げると、涼兄ちゃんは「利香はこっち」と私を隣に座らせてくれた。

窓際の涼兄ちゃんに、その隣には私。向かいには翔兄ちゃんと、窓際には廣永さんだ。

私と廣永さんは、斜めに向かい合い改めて顔を見合わせお互いに頭を下げた。

「巡はオレらと同じ、空挺団所属なんだよ。歳はオレのふたつ下なんだ」

涼兄ちゃんから紹介されて、この人も空から降りてくる人なのだとわかった。

私はすぐに自分の鞄《かばん》と一緒に持っていた小さな紙袋を廣永さんに差し出した。

「あの、これ良かったら……。お誕生日おめでとうございます。涼兄ちゃん、あ、兄から電話でお誕生日の食事会だと聞いていたので」

さっき駅で見つけた、チョコレートの詰まった小さな缶の入った紙袋を廣永さんに緊張しながら手渡す。

「わ、いいんですかっ」

わあっと、嬉しそうに廣永さんは両手で紙袋を受け取り、一瞬目を見開いた。

「チョコレートなんです。良かったらおやつにでも食べてください」

「ありがとうございます……！　これ、テリーヌのコラボ限定品ですよね」

中身を見て、すぐに気づくなんて驚いた。

テリーヌとは、昔から国民的人気のある白い犬のキャラクターの名前だ。ふわふわの小さな子犬がモチーフで、シンプルな一筆書きに似たタッチがさりげなく可愛いと長く評判なのだ。

シンプルゆえにどの世代からの支持も高く、色々な企業とのコラボグッズ展開やコラボカフェもオープンしている。

廣永さんに買ったチョコレートも、綺麗なブルー一色の細長い缶の中央に、寝転んだテリーヌがしゅっと小さく描かれていた。

たまたまポップアップストアを見つけて、なんとなく気になって並んで買ったのだった。

「そうです、限定品みたいです。駅近くのポップアップストアに行列ができていて、ひと目で可愛くて釘《くぎ》付けになってしまい並んじゃいました」

テリーヌとチョコレートがコラボした小粋なポスターを見たとき、このデザインなら男性に贈っても問題なさそうだと判断したのだ。

「嬉しいです。有名なパティシエ監修で、チョコレート会社とコラボしてるんですよ。この缶は今回の限定品です、まさか貰《もら》えるとは思わなかったです」

キラキラと目を輝かせ一気に語る廣永さんに、涼兄ちゃんが不思議そうに聞く。

「巡、詳しいな」

「あっ、や、SNSでも話題なんですよ。転売も多くてなかなか手に入らないって」

廣永さんはそう言うと、私にまた丁寧にお礼を言い大事そうに紙袋ごとチョコレート缶を自分の鞄にしまった。

それから話題を変えるように、廣永さんは端に寄せてあった未開封の布おしぼりを手渡してくれた。

「お水のグラスも、渡しても大丈夫ですか？」

七輪が狭いテーブルに置かれているので、グラスや皿などは各自工夫しないと置けない。廣永さんはそれを考慮してくれているようだ。

「はい、平気です。置けなかったら手に持ってるんで……」

うっかりした私の返事に、翔兄ちゃんが楽しそうにふっと笑う。それを見て、しまったと思った。

変なことを口走ってしまった。

片手にずっとグラスを持ったまま、肉を焼いたり食事をするなんてへんてこな光景だ。空いたお皿は迅速に下げてもらったりして、いつもは上手くスペースを作っているのに。

緊張のあまり、なにも考えないでポロリと答えてしまった。

それが顔に出ていたのか、翔兄ちゃんはフォローするように声をかけてくれた。

「じゃあ、利香が食べてる間は僕がグラスを持ってるよ。それか利香に焼肉をあーんして食べさせてあげる」

翔兄ちゃんは背が高く体格も良くて、パッと見は涼兄ちゃんと同じ完全な体育会系だ。だけど性格は賑やかな涼兄ちゃんとは正反対。穏やかで静かで。いつもぼそっと小さな声で冗談を言ってくれる。

「翔兄ちゃんっ」

「冗談だよ。先に頼んだものが届くと思うけど、利香もメニュー表を見て好きなの頼むんだよ。とりあえず飲み物はなにがいい？」

大きなメニュー表を手渡され、私は火照ってしまった顔を廣永さんから隠すように広げた。

そのうちに、次々と肉をのせた皿が運ばれてくる。脂が輝くカルビ、目を惹《ひ》くロース、ぷりぷりのホルモンに、ドンっと厚く切られレモンが添えられた牛タン。どの皿も五人前以上は肉がのっている。

四人でなんとかその皿をテーブルに置き、涼兄ちゃんは追加で貰ったトングを各自に渡した。

「今日は誰にも気を遣わないでいいから。七輪の、この陣地を四つに分けて自分のペースで焼くように」

煉炭《れんたん》で熱気を放つ七輪の網の上で、涼兄ちゃんはトングを使って十字を切った。

「レンジャー!」

廣永さんが、楽しげに返事をする。

厳しい自衛隊のなかで、更に過酷な教育課程を経てなれるのが〝レンジャー〟だと、お兄ちゃんたちから聞いている。

たとえどんな酷い状況でも率先して飛び込んでいくための訓練中、許された返事は『レンジャー!』のみだと。

精鋭部隊である第一空挺団の隊員たちも〝空挺レンジャー〟という課程が必要なんだと教えてもらった。

国防に関する仕事なので、家族に話せない秘密も多い。それに危険を常にともなう体を張った仕事を心配する私に、お兄ちゃんたちは熱意とやり甲斐を伝えたくさんの説明をしてくれる。

家族を、大事な人を守りたいと語る兄たちは、とても頼もしい。なにかあっても全力でやった結果だから悔いはないと、そう手紙を貰ったときには母と大泣きしてしまったこともあった。

廣永さんの返事に笑う兄たちからは命を預け合う信頼関係が見えた。

兄たちが心から信頼している人に会わせてもらえて良かった。

この人は私みたいに守られてばかりでなくて、兄たちを守ったりもできるんだ。

頼りにされているのが、羨ましく思う。

私は嬉しい気持ちに笑い、ほんの少し寂しい気持ちは顔に出さないように呑み込んだ。

それからはもう、楽しい焼肉会になった。

私たちきょうだいが子供の頃から柔道を続けていた話や、廣永さんの弟さんの話。

ふたつ年下で性格は大人しめで、いまは都内で生活をしてらっしゃるそうだ。

あとこれは秘密なんだけど……と、隊舎にまつわるちょっと怖い話を教えてくれた。

お兄ちゃんや廣永さんはご飯の大盛りを何回も頼んで、お肉もどんどん焼いていく。

隣に座る涼兄ちゃんは、自分の陣地で焼いた厚切り牛タンをさりげなく私のお皿にのせていく。

『大陸まんぷく飯店』特選厚切り牛タン。二センチはありそうな厚さで、よーく焼くのが好きだ。

ちょうど良い頃合に網からおろされた牛タンに、すり下ろしたばかりの生わさびと岩塩をのせ、端に搾りたてのレモン果汁をちょっとだけつけた。

「いただきます」

「食え食え、一年分の牛タンをいま食っちゃえ」

涼兄ちゃんは、また自分の陣地に牛タンを並べる。

口に運んだ牛タンは贅沢《ぜいたく》に厚いのに、よく焼いたからか食感は軽くサクリとしている。それから噛《か》み締めるたびに口のなかに広がる旨みに、ツンとしたわさびの風味がアクセントになっていい刺激だ。

「……!!」

あまりの美味しさに、その場で跳ねだしたい衝動を必死で抑える。毎回、生まれてはじめて食べたようなリアクションをしてしまうのは、この牛タンが美味し過ぎるからだ。

拝むような気持ちでありがたく食べていると、廣永さんとばっちり目が合ってしまった。

「妹さん、牛タン好きなんですか?」

おかわりしたご飯大盛りの茶碗を持って、目を細めた廣永さんが私に笑いかける。

不意打ちなイケメンの微笑みに、私の心臓はドキッと跳ねた。

「は、はい。このお店の牛タンは世界一です」

「なら、食べないで帰ったら後悔しちゃいますね。俺もいただいちゃおうっと」

廣永さんは牛タンの皿に手を伸ばし、ひょいっと自分の網の陣地にのせた。

彼氏も男友達もいない私には、この眩《まばゆ》い笑顔は毒にも近いものがある。父や兄たち以外の男性とはあまり接点がないものだから、少し笑いかけられただけで鼓動が激しくなってしまう。

……廣永さんは、きっと私に気を遣って話しかけてくれているだけ。私がお兄ちゃんの妹だから。

それに、こんなに良い感じの人に彼女や奥さんがいない訳ない。

左手の薬指には指輪がないけれど、普段は外している可能性が十分ある。廣永さんの笑顔にいちいち反応してしまう自分を、ふわふわするなと戒める。

男性にこんなにもときめいたのは学生時代ぶりで、どんどんひとりで勝手に意識してしまいそうになるのが恥ずかしくなってきていた。

「彼女がいない巡に、僕も牛タンを焼いてあげよう」

翔兄ちゃんの言葉に廣永さんは否定せず、「あざっす！」と嬉しそうに答える。

「巡はどのくらい、彼女がいないんだっけ？」

まるで私の思考を覗《のぞ》いたかのように、涼兄ちゃんが烏龍茶《ウーロン》のグラスに口をつけながら聞く。

私は素知らぬ顔をしながらも、耳だけはしっかりと会話を聞き逃さないように研ぎ澄まして白米を頬張る。

「どのくらい……。わ、やばい。俺、入隊してからは、彼女作ってないです」

一瞬の沈黙。そして網の肉から脂が落ち、ジュワッと音を立てて炭火が燃え上がる。

顔には出さなかったけれど、驚いた。こんな、感じがとても良くて顔整いな男性、周りが放っておく訳がないのに。

「えっ」っと声を上げたのは、翔兄ちゃんだ。

「お前、いくつで入隊したんだっけ?」

「うちは片親なので、母親の負担を減らしたくて高校卒業してそのまま入隊です。最初のうちは彼女がいたらって少しは思ってたんですが、いまは命を預け合ってる先輩や隊員たちと一緒にいる方が落ち着くんで」

廣永さんは照れくさそうに笑って、網の上の片面が焼けたお肉をひっくり返しはじめた。

「彼女、これだけの期間いないって男としてやばいですかね」

廣永さんは黙って聞いていた私に、話題を振るように明るく話しかけてきた。

その様子は、彼女の有無はさほど気にしてはいない感じに思える……けど、私の思っていることを聞きたがっている風にも見えた。

やばいとか、やばくないとか、私にはわからない。だって、生きてきていままで一度も彼氏ができたことがないのだから。

だけど廣永さんなら、その気になればすぐにでもきっと素敵な人が恋人になるだろう。

「上手く言えませんが、やり甲斐のあるお仕事をされていて充実しているなら、人の生き方として羨《うらや》ましいです。それに、大切に想える人に出会えたら、そのときは彼女になってもらえるように頑張ったらいいんだと思います」

廣永さんなら、大事にしたいって想える人ができたら、きっと上手くいくだろう。

「廣永さんなら絶対に、その人に好きになってもらえます」

今日が初対面だけど、その気配りや明るさは人としてとても好ましい。きっとこれから出会っていく人たちだって、そう思うはずだろうから。

「妹さんにそう言われたら、やばいなんて言ったのが逆に恥ずかしいです」

ぱあっと、そんな効果音がつくような納得がいった表情で、廣永さんが私を見る。

途端に自分がとんでもなく生意気で、そして恥ずかしいことを言ったのだと気づいた。

慌てて頭を下げる。汗がじわりと額に浮いた。

「な、なんか偉そうに言ってしまって申し訳ないです。私なんて生まれて一度も彼氏がいたことがないんですから、廣永さんがご自身をやばいと言うなら、私はその上をいくやばさなので許してください」

ご縁がありそうなのに選ばなかった廣永さんと、縁がなくて年齢イコール彼氏いない歴の私では立ち位置がそもそも違うのだ。

「利香はやばくないだろ。利香の彼氏になる男は、オレが信頼して認めた男でないと」

涼兄ちゃんが、すかさず横から口を挟む。

「そうそう。まずは僕、それから涼にぃが納得するような男でないと利香は任せられないよ」

翔兄ちゃんからの援護射撃に、私は乾いた笑いを浮かべる。

「ご縁もない上に、屈強で強烈に妹想いの兄がふたりもいるもので……」

多分縁があっても、私はその誰かの手を簡単には掴《つか》めない。

自分がもし……産みの母のようになってしまったら怖いのだ。彼氏に頼り切り生きる母、子供を抱きしめることがなかった母。

恋愛の熱に浮かれた姿、情緒を乱された発言、私はあんな風になりたくない。

「涼先輩と翔先輩に大事にされてるんですね」

大事に。うん、私は大事にされているんだから、こんなときにも産みの母を思い出しているなんて良くない。

「……はい。ありがたいことです」

ふっと視線を落とした先、汗をかいた烏龍茶のグラスから水滴がテーブルにじわりと広がるのを見た。


アイスクリームまで食べて、私のお腹ははちきれんばかりになった。しばらくは焼肉はいい、なんて思うのだけど、数日後にはすっかり忘れてまたお店にきたくなる。それが焼肉店『大陸まんぷく飯店』、ずっと食べ支えていきたい。

翔兄ちゃんがお会計をしている間、涼兄ちゃんは廣永さんと私をすっと外に連れ出す。私たちには一円も払わせないというスマートさだ。

涼兄ちゃんはあとから、私や廣永さんの知らないところで翔兄ちゃんに「割り勘」と言ってお金を渡すのだろう。

さっきまでジューシーなお肉の香りに包まれていたぶん、外の開放的な景色と太陽の匂いがする空気が新鮮だ。

『大陸まんぷく飯店』は店前が広い駐車場になっている。両隣の建物とは背の高い針葉樹の生け垣で仕切られていて、端にはぽつりと吹きっ晒《さら》しで簡素な喫煙所があるが、この時間は誰も使っていない。

駐車場に入ってくる車の邪魔にならないよう、喫煙所の側で翔兄ちゃんを待つ。

「また、四人でこような。今度は巡にご馳走《ちそう》してもらおう」

涼兄ちゃんが廣永さんをからかう。廣永さんも「まじすか」なんて言いつつ、嬉しそうだ。

「次は俺のおごりですから、妹さんも必ずきてくださいね」

ニッと私に笑いかける廣永さんはやっぱり身長が高くて、見上げると逆光で神聖さが増し異次元の格好良さを発揮している。

思わず無言で感心していると、廣永さんは「だめ？」と困った顔をした。

その表情の愛くるしさ、ないはずのモフモフの耳が見える。

首をこてんと傾げる姿に思わず触れてよしよししたくなるし、私が勢い余ってわしわしてもひっくり返らなそうな体幹の良さ、安心感が堪らないだろうと勝手に想像する。

――わ、可愛い……。この人、でっかいワンコ系男子だ！

「っ、はい。楽しみにしています」

そう返事した私の胸はドキドキしている反面、薄く灰色の感情が心を覆いはじめていた。

誰かを好ましく想いはじめるとき、この感情はいつもそろりと足を忍ばせてやってくる。

さっきまであんなに楽しかったのに。心のなかの火照りを冷ますように、灰色の風が吹いてくる。

その人に関われば気持ちが揺さぶられる予感がする、そう察すると私は一歩引いてしまう。人を想って感情が激しく左右されるのは苦手だ。

ずっとパートナーがいないから、〝寂しそう〟なんて思われていたとしても、私は静かにひとりで生きていきたい。

我ながらうじうじしている、弱虫だと思うけれど、傷つきまくった自尊心が自分が誰かの一番になれるはずはないと囁くのだ。

この傷は思ったよりもうんと根深くて、産みの母と離れても自立しても、どんなに自信をつけようと努力してもついてまわった。

そうして、私は多分諦めたのだ。

育ての両親と、兄たち。家族として大事にし、また大事にされるいまの繫《つな》がりだけあれば私は十分に幸せなのだと。

幼い命が虐待で奪われる事件がニュースになるいま、その前の段階で引き取られた私はたまたま運が良かったのだ。だから、これを最大限に大事にしていきたい。

それに兄たちの大事な後輩さんに、そういった邪《よこしま》な気持ちを持つのはなんとなく申し訳ない。

視線を廣永さんから外し、お店の方に向ける。すると翔兄ちゃんが出てきたタイミングだった。

「翔先輩、ご馳走様でした！」

廣永さんはすかさず翔兄ちゃんに伝え、頭をぺこりと下げる。

「改めて、誕生日おめでとう。これからも頑張ってな」

「はい。翔先輩と涼先輩に、どこまでも付いていきます」

その返事は本当に人懐こい大きなワンコみたいで、兄たちが廣永さんを可愛がる気持ちがわかる気がする。

一八〇センチはある大柄な男性が三人、わいわいと盛り上がっている。涼兄ちゃんは腕時計を見て、「利香」と私を呼んだ。

「これから映画かゲーセンか、ぶらぶら買い物に行こうと思うんだけど一緒にどう？」

翔兄ちゃん、それに廣永さんも頷《うなず》く。

だけど、私は軽く首を横に振った。

「誘ってもらえてすごく嬉しい、ありがとう。でも今日はもうお腹いっぱいで動けなそう……また誘って？」

自分のお腹を軽く擦ってみせる。涼兄ちゃんは深追いはしないで、残念という顔をした。

「いきなり誘ったしな、じゃあ今度は前もって予定聞くから。一日遊んでくれよ？」

「うん！」

「次は巡に、おすすめの店にでも連れていってもらおう」

そう言って、涼兄ちゃんは自然に私を軽くハグする。

これは儀式に近い、私たちきょうだいが別れるときの恒例のハグだ。

「涼兄ちゃん、お仕事頑張ってね。無理だとは思うけど大きな怪我はしないようにね」

そう言って念を込めて、鍛え抜かれた体をぎゅうっと思い切り抱きしめ返す。

兄たちは日頃の訓練で、大なり小なりの怪我をする。涼兄ちゃんは数年前に肩を脱《だっ》臼《きゅう》したし、それはたまたま脱臼で済んだだけで、もっと大きな怪我に繋がったかもしれない。

涼兄ちゃんから離れると、次は翔兄ちゃんだ。ぎゅうぎゅうにハグすると、翔兄ちゃんも笑いながら痛いほど返してくれた。

「翔兄ちゃんも、お仕事頑張ってね。怪我しないで、いつも無事を祈っているからね」

私はさっきこっそり自分の鞄から出していた、お金を入れたポチ袋を翔兄ちゃんのジーンズの後ろポケットにそっと差し込む。

翔兄ちゃんは離れる間際、私の後頭部をくしゃくしゃと撫でた。

その様子を見ていた廣永さんが、ぽつりと「いいな」と呟いた。すかさず翔兄ちゃんが、「いいだろ」なんて返す。

「……なんか、妹さんが先輩たちを心配してるのが伝わってきて……俺、もっとしっかりしなきゃなって思いました。それに、母さんもいつも同じこと言うの、思い出しました」

廣永さんのお母さんも、廣永さんを心配して声をかけるのだ。その気持ちは痛いほどわかる。

空挺団の隊員は地上から三百メートル上空までくると、パラシュート頼りに輸送機から飛び降りる。地上到達まで、ほんの数十秒しかない高さだ。

地上に降りれば、仮想の敵を想定した戦闘訓練も行う。武器も使う、それに生身の体での取っ組み合いだって。

いくら毎日訓練しているとはいえ、実際に怪我もするし、兄たちは定期的に家族あてに手紙を残している。

無事でいて欲しい。なるたけ怪我をしないで欲しい。

そういう願いを込めて、ぎゅうぎゅうに兄たちを私は抱きしめる。

「……廣永さんも、絶対に大きな怪我なんてしないでください。無事を祈っています。そして兄たちのこと、どうぞよろしくお願いします」

勇気を出してそっと片手を差し出すと、廣永さんは一瞬迷ったあとに両手で優しくそれを包んだ。

ドキドキと心臓がうるさいけれど、それを必死に表情から隠した。

「俺、挫《くじ》けそうになるたびに先輩たちに励ましてもらってここまできたんです。だから絶対に、俺が先輩たちを守ります。怪我しないように頑張ります」

きゅっと、包んだ手に力がこもる。じっと私を見る廣永さんの視線が恥ずかしかったけれど、合わせた目をそらすのも不自然でそれこそ必死に耐えた。

眼差しだけで射貫かれる。

廣永さんの視界の真ん中に映っている自分が、射貫かれてハートを撒《ま》き散らしながらゆっくりと後ろへ倒れていく妄想をしてしまいそうだ。

「妹さん、ありがとうございます。プレゼントもすごく嬉しかったです」

そうまたお礼を言い笑った廣永さんはやっぱり格好良くて、次に会ったら好きになってしまうかもしれないと胸がざわざわした。

だめだ。だめだ。そんな風に笑いかけられたら心が喜んでしまう。

この笑顔はきっと廣永さんの標準装備で、特別なんてことはないのだから。

焼肉店の前で、手を振って兄たちや廣永さんと別れた。

私は急いでマンションに帰り、出過ぎた発言や行動にひとり大反省会をする。

焼肉店での出来事や発言を思い出してはのたうち回り、絶対に変に思われた……なんて落ち込む。

もう会うつもりはないのに、どう思われたかを気にするなんて矛盾している。

頭ではわかっているのに、良い印象だけを残しておきたいだなんて思ってしまう。

「でも……廣永さんとは、もう会わないって決めたんだから大丈夫、落ち着け。変に思われたかもだけど、すぐに忘れてくれるはず……。意識してるのは私だけなんだから……！」

そんな風に声に出し自分を励ましていると、あっという間に夜になってしまっていた。

大事な話があるからと実家に呼び出されたら、お見合いじみた話を持ちかけられている。

まったく訳がわからないが、両親はなんだか嬉しそうなので困った。

「父さんの会社の取引先の息子さんなんだ。真ん中の次男さんなんだけど、子供たちの話になったら盛り上がって、一度会わせてみないかってなってね」

「そうなのよ。でも普段は涼と翔がうるさいでしょ？　だからあのふたりにはとりあえず内緒にして、会ってみて印象が良かったらお友達からどうかしら」

兄たちや廣永さんと会った翌々週、梅雨入りをした途端にしとしとと街は雨に包まれていた。

更に気温が高く、じめっとした不快指数が上がる。実家のリビングでは、除湿機がフル稼働をしていた。

土曜日の午後。流しっぱなしのテレビはバラエティ番組で、ワッと笑い声が溢れる。

両親からなんの話をされるのかと緊張していたので、どっと汗がふきだした。

ソファーの対面に座り、にこにこと私の返事を待つ両親になかなか言葉が出てこない。

「あの、私まだ二十五歳だし、結婚とかは全然考えてなくて……」

結婚どころか、好きな人さえ作らないように用心しながら生きているのだ。

それに、兄たちに内緒だなんて両親も思い切ったものだ。

「そんな身構えなくていいんだ。利香に関しては、涼と翔が過保護だろう？　微笑ましいけど、あれでは利香に男の友人ひとりもできないと思ってな」

兄たちの過保護ぶりは、私たちがきょうだいになったときから全力で発揮されている。

兄たちが最初に私に持ったイメージは、きっと〝可哀想な子〟だったのだろう。

人一倍の優しさと正義感を持った兄たちは、私の引き取られる前の生活を察し、守らなくてはいけないと感じたのだと思う。

しかし憐れんでいたのは本当に最初に顔を合わせたときの様子だけで、あとはひたすらに妹が可愛い！と感情を爆発させた。

その感情はいまも薄れることなく発揮されている。とにかく、兄たちの異性チェックは厳しい。

だがそれを両親は不憫《ふびん》に思ったのだろうか。身元もはっきりとしているし、話を聞いたらなんだか良い感じの男性だったので……兄たちに内緒でと会わせようとしている。

困った、とても困った。両親は話し合い、私のためを思って呼んだのだ。

「お父さんのお取引先様の会社の、息子さん……」

「今年二十九歳になるそうだ。お兄さんが営業で、その人は経理をしていると聞いてる。明るくてハキハキとした性格だと言っていたな」

無理だ。そんな人の大事な時間を奪ったら、罪悪感に押しつぶされる。

「や、私と会っても楽しくないと思うんだ」

「向こうはかなり会いたがってるみたいなんだ。最初の世間話から、とんとん拍子に……先日ついに連絡先を渡されてしまった」

ははっと、少し申し訳ないように小さく笑う父に、私は顔面蒼白《そうはく》だ。

つまり、父はお取引先様の前で引っ込みがつかなくなったのだろう。

普通の人なら、一度くらいの食事なら行くのかも。大人同士、ここまで話が進んでしまったら親の面子《めんつ》を立てて。

目を閉じ、う～……と唸《うな》る私に母は「もっと気軽に！　友達に会うみたいに！」と言う。週末のたびに引きこもる娘を、とても心配していると兄たちから聞いている。

けれどそんなのは気にするなと、涼兄ちゃんは言ってくれたけれど。

大事に育てた二十五歳の娘が、そんな生活を送っていたら親は心配もするだろう。

子供を持つって、常に心配だらけなんだなと感じてしまった。

断ってしまったら、父はお取引先様で気まずい思いをしてしまう。結果がどうあれ、ハナからどうにかするつもりはないけれど、一度会ってしまえばとりあえず丸くおさまるのだ。

たった一度。私ももう大人なのだから、こんなことが今後も発生する可能性もふまえとりあえず今回だけは、両親の面子を立てたい。

初回の一回だけだ。あとは、もしまたこんな話があっても、断ろう。

「……わかった。会ってみる」

「ほんとか！　無理言ってごめんな」

私の返事を聞いた父は、いそいそと自分のスマホを手に取り「これが連絡先みたいなんだ」とトークアプリのＩＤの写った画像を見せてきた。

お取引先様のスマホの画面を、父のスマホで写真を撮ったもの。スクショでないところに、思わず微笑ましくなってしまった。

その画面を私のスマホあてに送ってもらう。

トークアプリに使われているアイコンの写真は、海外の高級ブランド腕時計の写真だった。

……うう、なんとなくすでに合わない気がする。ブランドの話になったりしたら話題についていけない。

ゲンナリしはじめた気持ちを両親に悟られないよう、努めて通常通りに振る舞う。

「……お父さんの名前を出して、連絡してみるね」

「会ってあまり合わないと思ったら、こっそりメッセージを送って。そうしたらお父さんが、門限だぞって電話するから。まだ自分がひとり暮らしだって言っちゃだめだぞ」

会うと決めたら、今度はそれはそれで心配らしい。

「お母さん、当日は帰り迎えに行くからね。嫌な感じがしたら、連絡してね。すっ飛んでいくわ」

「ありがとう。どうなるか予想もつかないけど、きっと普通にご飯一緒に食べて終わるんじゃないかな。大人同士だもん」

一度きり、一度会えば終わり。そう何度も心に念じ、投げだしそうになったら両親の顔を思い浮かべて気持ちを奮い立たせた。

――その夜。お取引先様の息子さん、池上《いけがみ》さんは私からのメッセージにすぐに返信をくれた。

いきなり年齢、容姿などを割としつこめに聞かれ、この時点でブロックしてスマホの電源を切りたくなる。料理はできるか掃除は得意か、自分に点数をつけるなら何点かなど、まるで値踏みするような内容にかなりゲンナリしていた。

だけど、一度会うまで我慢しなければ……！

トークアプリのメッセージだけのやり取りをしていると、すぐにスマホの画面に『会いたい』とメッセージが届いた。

「会いたいって……、ただご飯を一緒に食べに行くニュアンスじゃなくなってきた気がする」

すぐに頭をよぎったのは、兄たちの顔。だけど相談なんてできる訳ない。秘密裏にことを進めると決めたのだから。

「あぁぁ～」と呻《うめ》きながら、スマホをベッドに優しく投げる。それから私は床にひっくり返った。

ワンルームのそれほど広くはない部屋に、ため息が落ちる。

返信を急かすように、ピコンッピコンッと新着のメッセージを届ける電子音が鳴り続けて、思わず固く目を閉じてしまった。

池上さんとのやり取りをどうにか続け、土曜日の夕方から軽く飲みに行くことになった。

『栢木さんみたいな普通の事務員じゃ到底行けない、いいお店を予約したから楽しみにしているように』

この絶妙な上から目線、メッセージを見た瞬間に池上さんの記憶から私の存在をさっぱりと消して、どうにか会わないで済む方法はないかと悶絶《もんぜつ》してしまった。

確かに私は資材を扱う小さな会社に勤めるしがない事務員だけれど、見下される覚えはない。

ここでまっとうに言い返して、トークアプリのＩＤをブロックできるのが私の理想の女性像だ。

でも現実は、ムカつきながらもすっかり池上さんに怯えてしまっていた。

土曜日当日。猛烈に気が重いまま身支度をした。蒸し暑いけれど肌を露出し過ぎないよう、ワンピースにカーディガンを羽織る。ヒールの低いパンプスを選び、アクセサリーは最小限に抑え、池上さんのために着飾ったと誤解されないギリギリの装いに留めた。

連絡をすれば、母がお店の近くの駅まで迎えにきてくれることになった。

池上さんはマンションまで迎えに行くと何度もメッセージを送ってきたけれど、私はその日たまたまそのお店の近くに用事があると嘘をついて現地集合にしてもらった。

待ち合わせは十八時。裏通り、真っ白な暖簾《のれん》のかかる上品な造りの高級割烹《かっぽう》店の前。はじめて会った池上さんは、ご本人の申告より身長は低く、また体重は多めに見えた。

私を見た池上さんはニチャッと笑い、こっちこっちと手招きをして体に触れようとしてきた。

外見が自己申告と違っていたのは構わない。勝手なイメージを作っていたのはこっちだから。

だけど初対面なのに、体に触れてくるのはダメだ。

「こんばんは。はじめまして、栢木です」

私はなるたけ不自然にならないギリギリの距離を置いて、挨拶をした。

「挨拶なんていいって。知らない仲じゃないんだから」

いい訳ないだろ～！と顔は引き攣《つ》るが、努めて笑顔、薄ら笑いを浮かべた。

通された個室からは綺麗に整えられた中庭が眺められた。

和の気品に満ちた造り、季節の花がセンス良く飾られて、足を伸ばして過ごせるようテーブルの下は掘り炬燵《ごたつ》になっていた。

贅沢な空間に、思わずため息が出る。

しかしそれからの時間は、それはもう疲れるものだった。

初対面、しかも男性というのもあったけれど、池上さんが語るお話の内容がブランドと友達の自慢とお父様やお兄さんの悪口ばかりだからだ。

「おれの方が能力があるのに、兄貴ばっかり贔屓《ひいき》されてんの。酷いよね～」

「はぁ、そうなんですね」

「おれも最初は営業だったのよ。それがいきなり経理に回されてさ、あれはおれの能力に嫉妬した兄貴の差し金なんだよ。親父もコロッと騙《だま》されてて、おれの話なんて聞きやしなくてさ」

「それは大変ですね」

「経理の奴にはね、営業にいつか戻るから仕事はおれに振っても無駄だって言ってるの。だからか仕事は楽なもんだよ。一日中ネットで買い物してるか、大人のサイトを見たりさ……栢木さんには刺激が強いか！」

ひたすらに自分の話をし続け、スマホをいじりながら笑う池上さんに気を遣いながら相槌《あいづち》をうつ。

この調子で、なぜ会社にとって大切な部署である経理に回されたのか謎過ぎる。どうしてこの人が、なんて考えていると籠《かご》に美しく盛られた旬の魚の向付《むこうづけ》も、お酒を飲む人には喜ばれそうな肴《さかな》が並ぶ八寸《はっすん》も、もったいないけれど味があまりしない。

池上さんは楽しそうにお酒を飲んでいるけれど、私は目の前の綺麗に盛られたお料理を順番に素早く喉を通していくので精一杯だ。

時折、じっとりとした目を向けられると寒気がして、腕時計をこっそり何度も確認してしまう。

池上さんの話し声や笑い声だけが響く個室は、世界から切り離されたみたいな監獄や孤島に感じた。

しかし時間というものは誰にでも、立場や人種や貧富の差にかかわらず同じ速度で流れる。

この地獄みたいな食事会にも、最後の水菓子が出され終わりの雰囲気が流れてきた。

上品な水羊羹《ようかん》の最後を口に運んだ瞬間から、私は早くこの場を切り上げてお店の前で別れるシミュレーションばかりを頭でしている。

おごられたら後々が面倒そうだったので、自分のぶんの料金はすぐ出せる状態にしてある。これを渡して、なにか言われそうになったら謝って駅に走ろう。

池上さんは水羊羹をひと口で平らげると、ゲフっと大きなゲップをした。

「……あ～、おれさ、栢木さんのこと気に入ったよ。見た目はもっと派手な方が好きだけど、おれに説教しないし大人しいし」

「……えっ」

「栢木さんって、いままで男との経験ないでしょ？　処女っぽいもん。おれ、ソープでよく上手いってよく言われるから。おれ好みの体にしてあげるね」

にやにやと鳥肌の立つような笑みを浮かべる池上さんに、私は頭が真っ白になった。

「じゃ、行こうか」

「え、あ、はい？」

混乱する私に構わず、池上さんは仲居さんを呼び「〆《しめ》で」と伝え、その場でカードを出した。

私が自分のぶんのお金を渡すと「気遣いは合格だな」と言い、池上さんはそれを乱暴に自分の上着のポケットに突っ込んだ。

……お店を出たら、すぐに今日のお礼を言って別れよう。気持ちで負けちゃだめだ、怖いけど負けたらとんでもないことになる……！

お母さんにすぐに連絡を入れるために自分のスマホを握りしめお店をふたりで出ると、目の前にタクシーが停まっていた。

池上さんが軽く手を挙げると、タクシーの後部座席のドアが開く。

「ぼさっとしてないで、さっさと乗って。配車アプリで呼んでやったんだから」

私の背中に手を添えた池上さんは、ぐっと遠慮のない力で開いた後部座席のドアからタクシーに乗せようとする。

「ちょっ、なんなんですか！」

思い切り踏ん張り、なんとか留まった。

「そんな大きな声を出すなよ、運転手も困ってるだろ」

運転手さんは運転席からこちらを見て、いかにも『ドアを開けてはまずかったな』という顔をした。

こういった、男女のやり取りを散々見てきたんだろう。口を挟むと支障があるのか、運転手さんはふいっと前を向いてしまった。

「あの、母が迎えにきますので、ひとりで帰れますっ！　帰してください」

「母親がくるなんて下手な嘘つくなよ、減点するぞ？」

減点ってなんなんだ。勝手に人に点数つけて、失礼極まりない。

「減点でもなんでもしてください！　あっ！」

スマホを握りしめていた手を掴まれたとき、これはもうこの人にいくら言葉を尽くしてもダメなんだと悟った。

――お父さん、お母さん、ごめんなさい。池上さんを投げ飛ばして逃げます！

兄たち相手に柔道を続けていたので、私は自分が思っているより強いらしい。

怪我をして高校生でやめるまで、稽古と試合以外で人に技をかけることは両親から禁止されていた。

ただし、緊急事態を除いて、だ。

いま、私は大緊急事態に陥ろうとしている。タクシーに乗せられたら、どこへ連れていかれるかわかったもんじゃない。

こうなったら、頭はすんっと冷静になる。体は池上さんに触れることをためらわず、視線は酔って目をギラギラさせている池上さんをとらえる。

ザワっと、試合で相手と対峙《たいじ》した静かな緊張感が体の内側で蘇《よみがえ》る。

いま、どのくらい私の体は動くだろう。こんなことになるなら、普段から軽い運動くらいはしておけば良かったと頭の隅で思った。

——そのときだ。

池上さんに掴まれていた手から、急に圧迫感がなくなった。

「あれ……っ」

拍子抜けしてよろめくと、逞しい胸に抱きとめられた。肌触りの良いシャツが頬に触れる。

「痛ッ——!!」

「……この人、嫌がってますよ」

池上さんに向かって、低い声が静かに牽制《けんせい》する。

顔を上げるとそこには、もう二度と会わないと決めていた廣永さんがいた。

あの印象的な瞳が、私をとらえている。

知り合いの廣永さんの顔を見て心の底からほっとしたのと驚きとが相まって、急にドキドキしはじめてしまった。

「ひ、廣永さん!?」

「そうです。廣永です」

そう答えながら、廣永さんは掴んだ池上さんの腕をぱっと離した。

「痛ってぇな！　なんだお前はっ、こいつはおれの女だぞ！」

廣永さんは私に「そうなんですか？」と冷静に聞くので、ちぎれんばかりに首を横に振った。

「違います！　今日はじめて会った方で、そういった関係じゃないです！」

言いたかったことを口にすると、それを聞いた池上さんは酔って充血した目を見開き般若の形相を浮かべた。

だけど、うんと背も高く体つきも自分とはかけ離れた廣永さんに向かっていこうとはせず、数歩離れてわめいている。

裏通りとはいえ、飲食店がぽつぽつあるので人も流れてきていたようだ。騒ぐ池上さんの声に足を止め、人々がなんだなんだと遠巻きに見ている。

「親父が会ってこいって言うからわざわざ来てやったのに、恥かかせやがって。親父に言いつけてやるからな、お前のせいでいい気分が台無しだ！」

そう言い捨てると、私をギロっと睨《にら》んだ。

『お前のせい』と言われ、怖さと悔しさで胸が潰れる。涙がじわじわわいてきて、声が出なくなってしまった。

　抱きとめてくれたままの廣永さんの腕を、思わず掴んでしまうほど苦しくなった。

「この人は、あんたをいい気分にさせるために存在してる訳じゃないんでね。人に機嫌を取ってもらうばかりなんて、赤ん坊と同じですよ」

「……っ、うるさい！」

「あんた、いつもそんな感じなんですか？　最悪だな」

　廣永さんは、力強くしっかりと言い切った。

　言葉でもかなわないと思ったのか、池上さんはタクシーの側に立っていた私たちをぐいっと押しのけ自分ひとり乗り込む。

　廣永さんの大きな手が、私をかばってくれた。

「早くドアを閉めろっ！」

　後部座席から池上さんが運転手さんに怒鳴ると、「降りてください」なんて静かに告げられている。乗車拒否だ。

　それでも絶対に降りたくなかったのか、聞こえないふりをしている。運転手さんは渋々ドアを閉め、なにか短く会話を交わしたあとにタクシーは静かに走り出した。

　タクシーが先で左折したのを見送ると、私はすっかり力が抜けてしまった。足がガクガクと震えはじめる。

……落ち着け、大丈夫、池上さんはもう行ったんだから。

様子を窺っていた人たちは興味をなくし、それぞれの目的地へ動き出す。それを視界の端でとらえながら、私は静かに目を閉じ息を深く吐いた。

「妹さん、大丈夫でしたか？　怪我とかしてないですか？」

心配を声に含ませ、廣永さんが大きな体を屈ませて聞いてくれる。

無意識に強く握ってしまっていた廣永さんの腕に気づき、慌てて離した。

「す、すみません。腕、痛かったでしょう」

廣永さんは「ん？」と首を傾げて、その腕を気にならないとばかりに軽く持ち上げてみせた。

そこには、キャラクターのテリーヌが描かれたショッパーが掛けられていた。確かこの近くにキャラクターショップがあったことを思い出す。

「全然痛くないですよ、大丈夫……あっ」

ショッパーを見られたのが気になったのか、廣永さんはそっと静かに腕を下ろした。

これは触れられたくない話題なのだと気づき、息を整えてお礼を伝える。

「廣永さん。助けてくださりありがとうございました」

深く頭を下げると、すぐに「いえいえ」と言ってくれた。

「たまたま通りかかったら、妹さんがいて驚きました。しかも揉《も》めてるみたいで咄嗟に割り込んでしまいましたが、迷惑でなかったですか？」

「迷惑だなんて！　両親のすすめでお会いした方だったのですが、なんだか色々と合わないところが多くて……お店を出たらお別れしたかったので助かりました」

タクシーに押し込まれそうになっていたところを助けてもらえたのは、九死に一生を得た。

投げ飛ばして逃げようとはしたけれど、技を掛けるのは久しぶり過ぎて上手くいくかはわからなかったからだ。

「なら、駅まで送ります。もしかしたらさっきの奴が近くで降りて隠れているかもしれないので」

迷惑をかけてしまっていると戸惑う私の手を取り、廣永さんはゆっくりと歩き出した。

表通りに出ると、さっきとはうって変わってたくさんの人が行き交っていた。駅までの道のりは五分程度だ。

指先から伝わる廣永さんの体温が、縮み上がった心を解いていく。

初夏の気配のする夜。私は生まれてはじめて男性と手を繋いで歩いている。

危ないところを助けてくれた、王子様みたいな人とだ。私の全細胞は、死ぬまでこのくすぐったい感触を覚えているだろうと確信するくらい密かに高揚している。

離そうと思えば解ける力加減は、廣永さんからの気遣いと優しさなのだと実感してまた涙が出そうになった。

「……さっきのこと、多分先輩たちには言わない方が良いんですよね」

ぽつりと、廣永さんが私に問う。

「はい。両親もこんなことになるとは想像もしていなかったと思うんです。兄たちにも余計な心配をかけたくないので、申し訳ないのですが……」

知られたら、絶対に兄たちは両親に物申す。けれど父や母だって、池上さんがあんな人だなんてわかっていたら、絶対に私に会ってみたらなんて言わなかった。

それに、違和感を抱えながら我慢を選んだ自分が一番悪かったのだ。私のせいで、両親と兄たちの間に溝なんて作りたくない。

じわり、と今度は情けない涙が浮いてくるのを必死に堪える。

「わかりました。先輩たちには誓って言ったりしません」

きゅっと握った手に力を込められた。

私からも緊張しながらほんのわずかに力を込めて握り返すと、並んで歩いていた廣永さんが急に立ち止まった。

「……廣永さん?」

「やっぱりはっきりさせたいんで聞きます。さっきのって、ご両親公認の見合いみたいなものですか?」

その表情は、心配そうにも、少し怒っているようにも見える。理由がわからなくて、私は必死になってしまった。

「違います、私があまりにも男性と縁がないので、両親が心配していたんです。たまたま父の会社の取引先の息子さんがフリーだとわかり、親同士で盛り上がってしまって……一度だけと決めて会ったんです」

「あの人、妹さんから見てどうでしたか?」

質問の意図はわからないけれど、池上さんに対する嫌悪感を共有できるのは廣永さんだけだ。

廣永さんだけが、きっとわかってくれる。

その気持ちが、私の背中を押す。

「最悪でした。合格だの減点だのといちいち言われて……おれ好みにしてやるとか。

早く帰りたくて仕方がありませんでした」

正直にはっきりと、まっすぐに自分の気持ちを廣永さんに伝えた。

廣永さんとはもう会わないと決めていたからか、どこかまだ恐怖心からすがってしまっているのか。

迷惑も気遣いも忘れて、ただストレートに池上さんに対する気持ちを口にした。

面食らった顔をしてから、廣永さんは「アイツ……！」と吐き捨てた。

「妹さん、いや、栢木利香さん」

いきなりフルネームで呼ばれたので、反射で背筋が伸びる。

「は、はいっ」

「俺が、ご両親が安心できる利香さんの男友達にも、見合い相手にもなってみせます」

廣永さんは、とんでもないことを一気に言い切った。

確かに耳には届いているのに、それが本当のことなのか自信が持てなくて、私はぽかんと廣永さんの整った顔をまじまじと見てしまった。

「……え？」

「改めて、近いうちにご両親にご挨拶をさせてください！」

「ご挨拶……？」

真剣な表情、しっかりとした声。なのにすぐには理解できない突飛な内容で。

男友達？　お見合い相手？

私はただ廣永さんのどんどん赤く染まっていく顔を眺めてしまった。


一晩中ひとりぐるぐると考え、煮詰まった私は数少ない友人の菜乃《なの》にメッセージを送った。

小学校からの親友で、兄たちと通っていた柔道場でも一緒だった女の子だ。

菜乃の結婚、出産を機に一時はなかなか会うのも難しかったけれど、息子の光くんが三歳を過ぎたあたりからまた会えるようになった。

菜乃の旦那さんは商社勤めで、いまは海外に単身赴任をしている。光くんがまだ小さく、海外での育児に不安を思った菜乃は日本に残った。

菜乃のご両親は新幹線や飛行機を使う距離に引っ越してしまっているので、サポートが望めないまま普段はひとりで育児を頑張っている。

『海外でも日本でもワンオペなら、言葉の通じる日本に残るわ』と、旦那さんと話し合って決めたと教えてくれた。

たまにだけど、母子ふたりでうちに泊まりにきてくれることもあって、光くんも私によく懐いてくれている。

　夜になり光くんが眠ったあとに、大人だけでこそこそ起き出して最小音量にしたホラー映画を観るのが楽しみだ。

　サブスクで見放題に加わった作品から一本選び、真っ暗な部屋で小さなテレビを観る。

　ふと見た菜乃の青白い横顔は、小学生の頃の面影を残していた。

　子供だったあの頃から、ふたりともずいぶん大人になっていた。菜乃は光くんを出産してお母さんになった。

　ふたりで絵を描いたり、怖い話をしたり好きな漫画の続きを予想したり。そうやって過ごした子供時代から、菜乃はいまも変わらずに私と時間を共有してくれる。

　いつまでこうしていられるかな。細く長くで構わないから、ずっと親友でいさせて欲しいと願い切なくなったのは内緒だ。

　聞き上手の菜乃にだけは、昔から悩みや困ったことを話すことが多かった。

　完全に腹を割って話せない私の、この面倒くさい性質を理解してくれているひとりだ。

　こんな相談はされて迷惑かな、自分で考えた方がいいだろうか。毎度そうやって相談が遅くなってしまう私に、菜乃はもっと気軽に打ち明けてと言ってくれる。

深くは立ち入らず、聞かず、私が話す悩みに『自分だったら』『聞いた話だけど』といくつか体験談や突破口の道標《みちしるべ》をくれる。私にはもったいないほどに人間ができた友達だ。

今回の池上さんのことも、メッセージをやり取りしていたときに感じた漠然とした不安を抱えた時点で、菜乃に相談をしたかった。

けれどワンオペ育児で大変な菜乃に聞いてもらうのをためらい、結局はこんなことになってしまってからの報告になった。

返信がなくても、うんとあとになっても構わない。『菜乃に報告があります。メッセージを送るけど、返信は大丈夫だから』と頭につけて文章をスマホに打つ。

自分の心の整理と報告を兼ねて、言葉にして綴っておきたかった。

両親にたまたま紹介された人が実はとんでもないパワハラ男だった。一度だけ会えば終わると我慢したが、帰り際にタクシーに押し込まれそうになり自分の判断の誤ちが恨めしかった。

と、ここまで一気に文章を打っていると、会う前に両親に違和感を話して、関係を切るべきだったとつくづく思い知らされる。

あのあと、車で駅まで迎えにきてくれた母に池上さんの言葉や行動を話して、もう池上さんとは会いたくないとやっと言えたときの母の顔を忘れられない。

申し訳ないことをした、ごめんなさいと謝る姿が頭から離れない。私も言えなくてごめんと謝り、母は私を駅まで送ってくれた廣永さんに何度もお礼を伝えてくれた。

廣永さんのこともある。兄たちが連れてきた、後輩の自衛官さんだ。

『俺が、ご両親が安心できる利香さんの男友達にも、見合い相手にもなってみせます』

なんて言われて、あまりにも驚きそれらしい答えをなにも伝えられなかった。

そのことも文章に綴り、寝かしつけや菜乃の休息の邪魔にならない翌朝に送信した。

その日のお昼休みには、菜乃からスマホにメッセージが届いていた。

『利香が無事で良かった。わたしはその助けてくれた人を全力で推すけど、利香が嫌だと思ったらその時点で断る勇気も大事だよ』

嫌なら断る。まさにその通りで、はっきりと言ってくれた菜乃に感謝をする。

『よーくその自衛官の話を聞きたいから、近いうちに泊まりにいってもいい？　去年映画館で見逃したタイのホラー映画の無料配信がはじまったけど、利香と一緒に観たくて我慢してるんだよ』

菜乃のお家の高級大型テレビじゃなくて、うちの小さいテレビで一緒に観てくれるんだ……と自然と笑みがこぼれる。
そうして、菜乃に早く廣永さんの話をしたいと思っている自分に胸がムズムズした。

二章

陸上自衛隊、第一空挺団は日本でなにかしらの有事や災害が起きた際、車両が入れない場所にパラシュートやロープで空から数百人で降下し偵察や救助活動を行う、日本で唯一の落下傘部隊だ。

災害派遣でも、活躍が期待される陸自の精鋭部隊となる。

特に空中機動に優れているため、日本中どこでも必要とされれば直ちに任務にあたる。数十年前に起きてしまった航空機事故では、ヘリコプターからのロープ降下で山中から生存者の救出にあたったシーンはテレビや新聞で多く報道された。

地上三百メートルから、パラシュート、その予備、必要な装備や小銃など約七十キロ超えの装備を背負い、運送機やヘリコプターから目的地に飛び降り着地するとそこから素早く任務にあたる。

その他にロープ降下、輸送などの方法で目的地に降り立つ。

毎日の訓練は厳しいもので、自衛隊のなかでも精鋭揃い。どんな厳しい環境でも任務を遂行できる体力と精神力が必要とされ、同じ自衛隊のなかでも『バケモノ』なんて呼ばれる。

日本全国どんなところにでも、あらゆる任務に対応でき、泥水を啜《すす》ってでも生きる意志を持つ人間でないと到底務まらない。

そのうえ厳しい身体的な適性検査もあり、やる気は誰よりもあるのに泣く泣く空挺団入りできない隊員も存在する。


俺が最終的に陸上自衛隊を志したのは、シングルマザーで俺や弟を育てた母親の経済的負担を減らしたいと思ったからだった。

母親は、無理にバイトをして家にお金を入れなくていい、学生時代にしか楽しめないことを全力で取り組めと言ってくれていた。

部活動が盛んな学校でもあったので、中学から続けていたバスケをそのままやれた。

毎日弁当も作ってくれたぶん、弁当箱を洗うのは俺の係で。

同じく中学で部活をしていた弟が弁当を持って行った日には、弁当箱を洗いになかなか出さないのでケンカになったりもした。

どうしたら弟は帰宅してすぐに弁当箱を洗いに出してくれるだろうか。

男子高校生らしくない小さな悩みを抱えたりしていたが、『弁当箱がなければ作れない。その場合は自分の小遣いから昼食を買うこと』という母親からの鶴の一声でこの問題はスムーズに解決した。我慢をした記憶はないけれど、小遣いから毎度弁当代を出せるほど我が家は余裕のある家計ではなかった。

高校卒業後の進路に就職を考えていた高校二年生だった俺に、体格がいいから自衛隊はどうだとすすめてきたのは担任の中年男性だった。

太鼓腹に眼鏡で、夏以外は作業着に似た薄緑の上着を羽織っていた。

話を聞けば、親戚に自衛官がいるという。

『まず運転免許がかなり安く取れるぞ』なんて、魅力的で冗談みたいなことを言う。

『ほんと？　嘘じゃないんですか？』

通常なら免許を取るのには三十万はまずかかる。安い教習所を探したって、平均はこんなものだ。

『先生が生徒の進路に嘘なんてつくもんか。確か、数千円で済んだなんて言ってたんだ。親戚の自衛官は隊舎っていう寮みたいなところで暮らしててな、三食飯が出るんだと』

車の免許を取るのも格安、その上に寮暮らしで三食付き。どこかに就職しても、こんな高待遇はなかなか見ない。

『それはかなり助かります……。自衛官、調べてみようかな』

就職先に自衛隊なんて、思いもよらなかった。なんとなく遠い存在だと思っていたから。

だけど一度意識をはじめると、それもなかなかいいんじゃないかと感じはじめてきた。

入隊すれば任務に必要な教習所代、普通自動車免許や中型自動車免許習得にかかる数十万円が教科書代だけで済むらしい。

それに住まいは実家から隊舎というところに移る。俺が家を出ることになれば、いまは共同で使っている部屋を弟がひとりで広く使えるようになる。

なんだか、いいことばかりだ。

高校の友達のほとんどは大学への進学の道を選んでいた。家が近いという理由で通っていた高校が、絶妙な進学校だったからだ。

大体の生徒が大学の道を選ぶけれど、数人は家庭の事情や本人の意思で就職や専門学校を選択する。

その少ない就職組で、自衛隊を選択肢に入れた俺に皆は『どうして？　大学に行くお金がないなら奨学金借りればいいじゃん』と言う。

奨学金って、簡単に言ってくれる。手元の格安プランのスマホでも、世の中の大体のことは調べられる。良いことも、悪いこともだ。

特に大学卒業後からはじまる返済期間の長さ、そして金額の大きさに戸惑う。うちには成績の良い弟もいるから、ふたりで奨学金を借りることになると母親は俺たちがきちんと返済して行けるか心配するんじゃないだろうか。

真剣に考えると、自分の人生設計には進学は必要なかった。弟みたいに勉強が得意だったり、進みたい道に勉強が必要な奴が制度を使い進学するべきだと思った。

高校二年生の冬。担任と年明けに習志野駐屯地へ隣県から足を運んだ。降下訓練始めという、一年の降下訓練の無事を祈願した陸上自衛隊の行事の見学に行くためだった。

担任は自分の発言から俺が自衛官に興味を持ったことに責任を持ってくれていた。こんな行事があるから見学に行こうと声をかけてくれたのだ。

寒空を切り裂きやってきた大きな輸送機から、リズムを崩すことなく数十人の隊員たちが間髪入れずに空へ飛び込んでいく。

次々にパラシュートがすぐに開き、ゆらゆらと降下してくる。俺はその様子を手に汗握りながら地上から眺めていた。

地面に上手く着地すると、広がったパラシュートをくるくると素早くまとめて隊員たちは駆け出した。

屈強なのに、一秒でも無駄にはしないという気概を強く感じる俊敏な動き。鬼気迫るものがある。

『……かっこいい』

『だろ。空挺団は自衛官のなかでも、選ばれた少数精鋭の人間しかなれないんだ。自分を限界まで鍛え抜くストイックさ、そうしてなにもない空に一歩踏み出せる勇気も必要なんだと……自衛隊マニアのブログにあった』

そう、今日のために調べてくれたであろう情報を担任は聞かせてくれた。

もしパラシュートが開かなかったら。そんなことを俺は想像したけれど、目の前でいまは組み手を披露する隊員たちの、誰も、躊躇《ちゅうちょ》なんてなかった。

心が、感動と興奮で震えた。

その震えた心に今度は火が灯り、あの落下傘部隊の一員に自分も加わりたいと願うようになっていた。

『先生。俺も、あの空挺団に入れるかな』

『廣永なら頑張れると信じてる。あの空からの景色、どんな風に見えるのかいつか教えてくれよ』

担任はそう言うと空を見上げて、眩《まぶ》しそうに目を細めた。

高校を卒業し、新隊員の前期教育のあと。俺はすぐに第一空挺団に所属希望を出した。

一般部隊を経由するより、適性があれば最初から空挺団入りした方がその過酷ぶりに慣れるからおすすめだと曹長に言われたからだ。

訓練は想像を絶する過酷さだった。だけど、あの担任が言っていた『あの空からの景色』を必ず見てみたかった。

無事に課程を終了し空挺団入りを果たすと、そこで一生ついていきたいと思う栢木先輩たちに出会った。

その〝妹さん〟とも、知り合うことになるとは思わなった。

俺が憧れている先輩には、妹さんがいる。

それもめちゃくちゃに大事にしていて、どんな有望な隊員に「紹介して」と頼まれても絶対に首を縦に振らないし、むしろ怒る。

『利香には、オレと翔が認めた男しか会わせたくないの』これはいつもの断りのフレーズだ。

だけど隊員のなかには、妹さんをレンジャー試験の最終日に見たことがあるという人もいた。涼先輩や翔先輩と同期の先輩だ。

教育課程の最終訓練は四日間山に篭もり、休憩なくひたすら行軍しながら作戦を遂行する。完全に自給自足で、冷えた携帯食や場合によっては捕まえた蛇や小さな生き物も食べる。

実際本当の行軍になった場合、四日間どころかもっと長い期間物資の補給は望めない。食べられるものは、なんでも口にしなければならない。

第一空挺団はそういう有事の最前線で、奪還や敵の拠点破壊の任務をこなすのだ。不眠不休のレンジャー試験の最終日は、ゴールとなる駐屯地で家族が出迎える。

第一空挺団に所属するにはレンジャー資格が必須で、挫けず大きな怪我もせず、最後まで残って戻ってきた隊員にレンジャー徽《き》章が贈られる。

意識は朦朧《もうろう》、両足は何人もの人間をぶら下げて引きずって歩いているかのように重く、喉はひりつき声が出ない。

そんな状態で山中から歩いて駐屯地に戻ってきたとき、俺は待っていてくれた母から名前を呼ばれて涙が出たのを覚えている。

もう一度この世界に生まれてきたような気持ちになって、どんよりと暗かった視界がたちまち煌めいた不思議な感覚だった。

妹さんは、涼先輩、翔先輩のレンジャー資格習得のときに二度きていたらしい。それを同じくレンジャー試験を受け、一緒に戻ってきた先輩が目撃していたというのだ。

とにかく妹さんを見たい、紹介して欲しいという人間は多かった。

その理由は一目瞭然で、涼先輩も翔先輩もずば抜けて外見が良かったからだ。長身に筋肉質な体、おまけに顔はなんというか冗談みたいにイケメンだ。だから女性ファンがとにかく多くて、駐屯地で祭りが開催されるたびに囲まれ大変盛り上がる。

そんな人の妹なら美人に決まっている。実際に妹さんを見た人も、可愛かったから駐屯地の祭りに呼んで紹介しろなんて言っているのを聞いたことがある。

俺は……そこまで興味はなかった。ぶっちゃけて言えば、涼先輩と翔先輩と、一秒でも長くこの仕事を続けていく方が大事だった。

ふたりの近くにいると、勉強になることがたくさんある。怒鳴られても叱られても、きちんとそれには理由があって納得がいくからだ。

怯《ひる》まず、行動で示してくれるときもあれば、上手くいかない悩みを聞きトレーニングにとことん付き合ってくれるときもある。

〝バケモノ〟たちのなかで生きるには、自分もまた〝バケモノ〟にならなければいけない。先輩たちの行動、言葉は俺の最大の糧《かて》になっていく。

しんどいとき、つらいとき、ふたりの背中を追い続けることで俺は壁を乗り越えられた。

人間として、ふたりのことが大好きだ。

だからふたりが嫌がること、困らせることは絶対にしたくない。

俺のことを『なつこい犬みたい』『可愛い実家の犬』とふたりは言って笑うけど、嬉しいからそれでも良かった。

そんなふたりから、妹さんの話を聞いたのは六月に入ってすぐだった。

土曜日の休み。一日を筋トレについやし、隊舎の風呂で汗を流したあと。駐屯地内の自販機でなにか買ってやると、ふたりに呼び止められた。

夜はどこかリラックスした空気が流れる時間だ。部屋に戻れば談笑や笑い声があちこちから聞こえるときだ。

就寝までの自由時間を皆がそれぞれ過ごしているなか、涼先輩にジュースを買ってもらった。

すると翔先輩が、「そういえば」と話をはじめた。

「先月、巡は誕生日だったんだっけ」

「そうです、二十七歳になりました」

「じゃあ、明日焼肉でも連れてってあげるかぁ。美味いところがあるんだ」

「焼肉ですか！　まじですか、嬉しいっす」

「いつも頑張ってるから、たまには後輩を労《ねぎら》わないとね」

「翔先輩、ありがとうございます。頑張んないと、いざとなったら死んじゃいますから。それに、皆に恥ずかしくない自分でいたいんです」

普段の訓練でも、気を抜いたら怪我をする。もし有事になったら、援軍がくるまで少数の精鋭部隊だけで切り込み敵の侵入を足止めしないといけない。

そのための、どこへでも空から突っ込んでいける落下傘部隊なのだ。

日頃から常に真剣に、周りの士気も上がる振る舞いが大事だと教えてくれたのも、涼先輩と翔先輩だ。

命を預け合う。大切な仲間との訓練でふざけてなんていられない。

「彼女に誕生日のお祝いとかしてもらった？」

普段そんな話題を持ち出さない涼先輩が、珍しいことを聞いてきた。俺は疑問に思いながらも、聞かれたことに素直に答える。

「彼女なんていませんよ。いたら真っ先に先輩たちに紹介しています」

俺の尊敬する大好きな先輩を彼女にも知って欲しいと考えているが、あいにく出会いも、彼女を作りたいという気もない。

涼先輩は翔先輩と顔をちらりと見合わせる。

「その祝いの焼肉、オレも行く」と口にしたあと、少し驚くことを言った。

「あと、うちの妹も誘ってもいいか？」

「えっ、妹さんですか？　でも、確か隊員には会わせたくないって……」

あんなに誰かに妹さんを紹介するのを嫌がっているのに、なにがどうしたんだ。

「んー……巡は特別かな。妹に会いたいとも、会わせて欲しいとも一度も言わないし」

自分で買ったスポーツドリンクを、涼先輩が飲みはじめる。その上下する喉元は勢いよく、とうとうそのまま最後まで飲みきってしまった。

「や、だってふたりともそういうの避けてるし嫌がるじゃないですか。俺、ふたりに嫌われたくないです」

これは紛れもない本音だった。だから妹さんの存在は多少気にはなっても、話題に出しはしなかったのだ。

「そのくらい、洞察力がある奴でないと。うちの可愛い利香ちゃんには会わせられんのよ」

はぁーっと息を吐き、濡《ぬ》れた口元を拭いながら涼先輩が俺を見る。

「そうそう。利香は気遣い屋だから、疲れさせるようなグイグイいくタイプとは絶対に会わせたくない。巡くらい様子をよく見て慎重に動ける男と友達になって欲しい」

翔先輩は買ったジュースを開けないで、そのままペットボトルをぐにぐにと揉んでいる。素手でカボチャも割れそうな握力で、あんな風に頭でもぐにぐにされたらと想像すると恐ろしい。

「妹さんの男友達……ってことですか」

「そう。巡は見た目がいいし性格も明るいから、相当モテたでしょ？　だけど自慢もしない、揉めた話も聞いたことがない。祭りのときにも上手く一線引いてる。女性との距離の取り方もうまいんじゃないかな」

妹さんはかなり優しい性格なんだろうか。優しく気遣い屋の人のなかには、場を盛り下げないよう努めてニコニコ常に振る舞う人もいる。

その場の空気を読み、自らがバランサーになってしまうのだ。

明るくていい人なんて第三者は思うけれど、本当は人一倍気を遣い過ぎて疲弊する人も多いと聞く。

うちの弟が少しそのタイプで、溜《た》め込んだ精神的疲労を発散させるのが下手だ。現実逃避なのか、休みの日はやたらと睡眠時間が長かった。

「女の子との距離……。実は……好きだった女の子に好きなものを笑われたのをきっかけに慎重にはなってます。結構ショックでいまでもトラウマなんですよ」

「巡の好きなものを笑ったのか？　人の好きなものを見下す奴は、男女かかわらず距離は置いた方がいいな。ろくなことにならない」

「……はい。俺もそう思います」

まったくその通りだ。だけど傷ついた俺は、それをきっかけに大好きな〝あるもの〟の存在をできるだけ秘密にするようになった。

可愛くて癒やされる、あのキャラクターを――。

「じゃ、利香には明日連絡してみるか。でも日曜日だから、出てきてくれるかは五分五分だな。だめだったら次は土曜日に誘おう」

「涼にぃ、利香の好きな牛タンがあるよって、よく言っておいて」

ふたりのやり取りを側で聞きながら、妹さんか……とぼんやり考えていた。

古いファミレスみたいな焼肉店。

そこに現れたのは、清潔感のある柔らかなイメージの女性だった。

想像していたのは先輩たちのような目鼻立ちがくっきりしたタイプだったけど、実際の妹さん——栢木利香さんは清純で柔らかな顔立ちだった。

優しさの滲むような雰囲気をまとい、先輩たちとは違う造形の良さで……ハマったら絶対に離れられなくなる沼の予感がするのに、本能がガンガンに刺激された。

俺はこの数年で一番のキメ顔を自然に作って挨拶すると、びっくりした表情をされたのが印象的だった。

俺のこと、どう思った？　嫌いなタイプではないといいんだけど。妹さんにグイグイ攻める男を嫌う先輩たちの手前、いつも通りに振る舞ってはいたけれど、意識は完全に妹さんに持っていかれていた。

先輩たちが側にいるのに、ちらりと妹さんを盗み見る。白い頬を紅潮させて厚切り牛タンを大事そうに食べていた。

これは、涼先輩と翔先輩が大事にするのもわかる。仕草も相まって余計に可愛い人なんだ。

それに、手に入らないだろうと諦めていたテリーヌの限定チョコ缶を誕生日プレゼントに持ってきてくれた。

テリーヌを可愛いと言っていた。わかる、テリーヌは俺のなかで世界一可愛いわんちゃんだから。

そうして帰り間際に、ひょんな流れで手を触れた。細くて華奢《きゃしゃ》で小さな白い手から、俺を好きにさせる成分でも出ているみたいに離しがたかった。

なんだろう、この気持ち。

テリーヌを可愛いと言ってくれたから？

この人になら、もしかしたら隠し事なんてしないで自然体でいられる、そのまんまの俺を知ってもがっかりされたりしないかも……？

それに俺だって、彼女のためならなんでもしてあげたい気持ちがわいてくる。

まだ会ったばかりなのに、その役目が俺ならいいのにって思ってしまった。

妹さんは帰っていき、俺はその後ろ姿を見ていた。蒸し暑い空気が体にまとわりついて不快なのに、いまはそれが気にならない。

振り返らないかな。気が変わったとか言って、こっちに戻ってこないかな。『廣永さん』て、目を合わせて呼んでくれないかな。

隣の涼先輩から『利香は可愛いだろ』と聞かれ、ただ素直に頷いた。

『はい。なんか……すごく大事にしたい感じです』

すぐに抱きしめたいとか、どうにかしたいじゃない。まずは向かい合って、妹さんの話す姿をいつまでも眺めていたいと思った。

仕草のひとつひとつを網膜に焼き付けたい。

あの声で紡がれる話を、どんなことでも聞いていたい。

ひと目惚《ぼ》れだ。完全に持っていかれていた。

ずっと忘れていた、切なさや苦しみみたいな感情が胸をいっぱいにする。

すると同時に、先輩たちを裏切ってしまったんじゃないかという罪悪感が湧きあがった。

流れはじめた汗が止まらない。どうしよう、なんてふと涼先輩を見た。

『……そんな顔すんな。オレらは巡に利香を会わせたかったんだ。だから巡がいまどう思おうとオレたちに悪いなんて思うなよ』

『でも……反則ですよ、こうなるってわかってて会わせたみたいじゃないですか』

喉から声をひり出す。翔先輩が、ふっと笑った。

『なら大成功だ。僕らは巡になら利香を任せてもいいと思ってる。巡なら利香を傷つけない、信用してる。だから良い友達からはじめてくれよ？』

涼先輩も続ける。

『利香が自分の好きなものを、好きだとはっきり言える、そんな人間の側で幸せになって欲しいんだ。友達でも、恋人でもいい……利香が笑ってればな』

先輩たちをそんなに心配させるなにかしらの理由を、妹さんは抱えているようだった。

焼肉店の駐車場から歩いて出ても、肉の焼けた排煙の臭いはいつまでもついてまわっているような気がした。

その日、先輩たちから妹さんについて教えてもらった。

先輩と妹さんは、本当はいとこ同士だということ。

先輩の母親の妹の娘で、五歳のときに先輩の両親の養子としてやってきたこと。

そして、栢木の家の子供になる前にはつらい境遇に置かれていたという。

ただそれがどんなものだったかは、妹さんが自ら話したときに聞いてやって欲しいと言われた。

涼先輩からは詳細までは語られなかったけれど、いとこの家の養子になるくらいだ。

誰が聞いても母親とは引き離した方がいいと判断されたか、または母親から側に置く必要がないとされたか……どちらにしても胸くその悪い話だ。

引き取られた妹さんは、幼いながらに周囲の人間の顔色を人一倍気にする性格に育っていた。無理に笑い、我慢をし過ぎ、ささいなことでも何度も頭を下げ謝る子供だったという。

明らかに、母親の影響を悪い方に受けてしまっていたそうだ。

だから、先輩たちは戸惑いながらも、突然できた妹を大事に守らなきゃと感じたという。放っておいたら、死んでしまうかもしれないと子供心に思ったのだと話をしてくれた。

『子供の頃からの性格って、よっぽどのことがない限り変わらんのよ。利香の場合は母親が悪かった。利香が引き取られても、様子を窺う電話一本寄越さなかった』

それは新たな家庭に引き取られた娘を思ってか、ただ単に厄介払いができたからかはわからない。真実はいまでも子を手放した母親の胸のなからしい。

先輩たちは、妹さんがもっと安心して生きて欲しいと願っている。

気を遣い過ぎてしまうのも、顔色を窺うのも酷い目に遭わないための妹さんの必死の処世術だった。それがまだ残っている、優しい妹さんの一面を百パーセント否定する訳じゃない。

それはもう妹さんの、人となる部分を形成するところだ。否定するつもりはないと繰り返す。

『僕たちが利香を大事にすることで、利香から色んな機会を奪ってきたと思う。今更償いじゃないけど、男友達のひとりくらい、いたっていいと思ってるんだ』

だから、俺を選んだのだとはっきり言い切った。

『その、決め手みたいなのってなんですか？　俺ならっていう……』

涼先輩が、あれだよ、なんて言う。

『女性に対して上手く対応できるところ。それから巡の母ちゃん想いなところだよ。巡が実家に帰るたび、母ちゃんが山ほどコロッケを揚げてくれるって話してくれたろ？　コロッケなんて食べ飽きてるんだけど、母ちゃんの顔を見たらぺろっと平らげられるんだって』

『はい。もう何キロ揚げるんだってくらいですよ。俺が喜ぶからって、帰省するとずっと台所に立ってます。コロッケが好きだったのって、中学生くらいのときなんですけどね』

『だけど、コロッケはもういいよとは母ちゃんに言わないんだろ？　巡の母ちゃんのなかでは、コロッケを揚げてもてなすのが、巡への愛情表現なんだ。巡はそれを決して否定しないで受け取れる、大事にしてる』

帰省すると、俺がどれだけデカく育ち、筋肉をつけてバケモノと呼ばれる精鋭のなかで生きていても、母親のなかでは子供なんだと感じる。

コロッケを作る数々の工程や手間も考えず、大好きだから家で作ってとねだって揚げてもらった、あの頃と同じだ。

山盛りのコロッケののったテーブルの向こう側で、『熱いから気をつけて』と笑う母親。

母親から見たら、俺は大盛りのどんぶり飯を片手にコロッケをいくつも頬張る子供のままなんだ。

『うちの母親のコロッケ、旨いんです。ゲンコツみたいな俵型なんですよ。いつか妹さんを俺の実家に連れていって食べさせてもいいですか？』

先輩たちは『えっ』と言い、う～んと眉間に皺《しわ》を寄せてしばらく悩んだあと『最初は俺たちも一緒に行く。ていうか、結婚を前提か？　いや、その方が嬉しいけど複雑だ――！』と叫んだ。

そんな話を先輩たちとしたあと、連絡先も交換できなかった妹さんとどう次に繋げるかを考えていた。

先輩たちに聞いて連絡を取ってみようかと考えたけれど、妹さんはきっと引いてしまうだろう。

そもそも自分がどう思われているかもわからないのに、安易に行動に移せない。

頭の上にピコンと密かに好感度でも出ればいいのにと考えてしまう。課金制なら限界まで積んでもいいくらいだ。

第一空挺団は日本中どこにでも派遣されるので、いかなる状況にも対応できるように遠くへ演習へ向かう。

それは国内、海外、季節問わずだ。

自衛官は一度演習に向かえば、少なくとも一週間以上は連絡が取りづらくなる。機密に関わることなのでどこへ行くかも言えない場合もあるし、恋人や夫婦は信頼関係が重要になってくるのだと同僚に惚気《のろけ》と共に聞かされている。

出会いが少ない、婚期が遅い、離婚率が高いなどといわれている自衛隊だけど、多分その理由は長期の演習や訓練での不在だ。

海上自衛隊なら一年の半分以上は艇の上、特に潜水艦乗りなどは数ヶ月は海の底なのでまったくと言っていいほど連絡が取れなくなる。絆《きずな》が試される場面が多いだろう。

妹さんは先輩たちの存在があるぶん、そういったことに理解はあるだろう……と、早計かつ勝手に期待する自分を戒める。

まだそんな関係ではない、はじまってもいないのに、すでに自分の都合を押し付けるようで嫌な気持ちになってしまった。

そんな自己嫌悪をもんもんと抱えながら、休日ひとりで向かったのはキャラクターグッズを扱う店だった。

テリーヌの新作グッズをいつも予約している小さな路面店で、女性の店長とバイトの子で切り盛りしている。

路面店ゆえ人の出入りが多く、ファンシーな店に似合わない俺のことなんて気にせず、視界にも入れず、ひたすら自分の好きなキャラクターグッズを選ぶお客の多いこの店がとても気に入っている。

店長とはたまに世間話をしてグッズを引き取り、その足で実家へ宅配で送る。隊舎暮らしでキャラクターグッズを使うのは少々難しいので、実家に帰ったときに堪能するのだ。

手元には置けないが、実家に帰ればたくさんのテリーヌが待っていると考えると精神がとても落ち着く。

弟は大学を無事に卒業し就職して都内へ出たので、空いた子供部屋がいまはテリーヌの城となっている。母親も俺の趣味を理解してくれているので、荷物を送れば受け取り城へ大事に保管してくれている。

今回は夏の新作、ビーチパラソルとテリーヌの描かれた浜辺シリーズのタオルなどのグッズを手に入れ店を出て少し歩いたときだった。

たまたまその近くの裏通りに珍しい飲料が入っている自販機があると同期に聞いていて、話のタネにしたくて足を向けた瞬間だった。

微《かす》かに揉めているような声が聞こえた。

自衛官という職業柄か、なにか起きているなら確かめたいという意識が働く。ケンカなら周囲の迷惑にならないよう、仲裁に入るシミュレーションをしながら出所を探す。

すると、少し先の白い暖簾が揺れる割烹料理店の前にタクシーが停まっていて、開いた後部座席のドア付近で男女が揉めているのが見えた。

小走りで近づくと、タクシーに無理やり乗せられそうになっているのが、妹さんだとわかり——。

その細い手首を掴む男の腕を、自分でもやり過ぎだと思う力で捻り上げていた。

その後、男は負け犬の捨て台詞を吐いて逃げていったが、妹さんは真っ青な顔をしてタクシーの行方を目で追っていた。

俺はもう堪らなくなって、母親に連絡すれば迎えにきてくれるという駅まで送っていく最中にプロポーズめいたことを言ってしまった。

魅力的な人だと、当たり前だけど俺以外の男も気づいている。このままではなにかの拍子で、さっきみたいなことが再び起きてしまうかもしれない。

そんな事態から守ってあげたい。怖い目になんて遭わせたくない。

『俺が、ご両親が安心できる利香さんの男友達にも、見合い相手にもなってみせます』

突然の俺の発言に利香さんはびっくりしたようで、返事は貰えなかった。当たり前だ。

勢いで言った、俺も心底自分の熱い発言にびっくりしたからだ。


午前中の課業を終え、昼食の時間になった。

昼休みは十二時から十三時までの一時間。雪崩のように隊員食堂へ向かう隊員たちのなかの涼先輩を追いかけ声をかけ、お互いに食事をのせたトレーを持ち席についたタイミングで切り出した。

「妹さん……利香さんにプロポーズをしてもいいでしょうか」

本当はすでにプロポーズじみたことを言ってしまっているのだが、利香さんとの約束を守るためには、それを明かすことはできない。

涼先輩はかき込んでいた白米でむせそうになった。自衛官は基本的に早食いだ。自衛官は厳しく決められた分刻みの時間管理のなかで日々の課業や訓練をこなしている。自分の時間、使える時間をそこから作るには、食事時間などを削るしかない。ただし、体力勝負なので食事を抜くことはない。なので必然的に早食いになる。最早もうこれは職業病に近い。

「ちょ、急過ぎないか⁉　まだ一度しか会ってないだろ、それに連絡先も知らないよな？」

「なので、まず涼先輩に話を通したかったんです」

普段は厳しく落ち着いている涼先輩が珍しく驚いている。ガヤガヤとした食堂で、隊員が数人振り返った。

自分でも性急過ぎるのはわかっている。けれどどうにも、いくら自分を律しようとしても気持ちが止まらなくなっていた。

「こういうガンガンいくの、先輩たちが利香さんを思って避けていたのは理解しています。だけど、この瞬間にだって利香さんを狙っている奴がいるかもしれない。それが堪らなく不安なんです」

隠しもつくろいもしない、自分の素直な気持ちをストレートに伝えた。

なんせ、ろくでもない男にタクシーに押し込まれそうになっている場面を見てしまったのだ。

もしあの日俺がグッズの引き取りに行かなかったら？　あの裏通りにある自販機の存在を思い出さなかったら？

考えるほどに焦燥感にかられ、あのろくでもない男を逃がしてしまった自分に苛立つ。

利香さんに失礼なことを言い、無理やりに連れていこうだなんて、謝罪のひとつでもさせてやれば良かった。

涼先輩は、何度も何度も本気かと聞いてくる。俺もそのたびに、本気だと答えた。

「本気だと証明できるなら、このまま二階から飛び降りてもいいです。無事に五点接地して、涼先輩に本気で好きだと伝えます」

「いやいや！　お前が好きなのは利香のことだろ、その言い方周りが誤解するって！

しかし……巡って、結構恋愛に熱い男だったんだな。女性の話をしないから、そういうのは穏やかな方だと想像してた」

あの日のことは、利香さんに先輩たちには秘密にすると約束した。口が裂けても俺からは言えない。

「いえ。利香さんのことだからです。生まれてはじめてのひと目惚れです。課業中以外はずっと利香さんのことを考えています。戦闘服にアイロンをあてているときも、靴を磨いているときも、ちょっと考えてしまいます」

意外に思われるかもしれないが、自衛隊は身だしなみには徹底的に厳しい。よれた襟や汚れた靴などもってのほかで、面ファスナーに糸くず一本ついているだけで注意を受ける。

そういった細部にまで気がつき気を回せる人間が望まれる、ほんのわずかな違和感をそのままにせずに正すのが当たり前の世界だ。

「まじか……でもちゃんと切り替えはしろよ？」

「はい、わかっています。話を戻しますが、利香さんのことは一生とはいわず、来世までも守って幸せにしたいと誓います。絶対にその役目は俺にしかできないので」

しっかり言い切ると、涼先輩の顔がみるみる赤くなっていく。額に浮いた汗を拭いながら、味噌《みそ》汁椀を掴んで飲み干した。

そんなに変なことを言ってしまっただろうか。少し不安になるが、これは包み隠さない本当の気持ちだ。

「なんだかオレが照れてきた……。しょ、翔にはこの話した？」

「いえ、まだです。まずは涼先輩に話をして味方になってもらいたいんです。だめですか？」

「だめじゃないけど……唐突過ぎる」

涼先輩からしたら、たった一度、たかが数時間妹に会わせた後輩が「プロポーズしたい」なんて言い出した訳だ。

驚くだろうし、引くだろう。望まれていたのは、穏やかに友達からスタートし距離を縮めていく関係だった。

俺を選んで失敗したと思われているかもしれないが、先輩たちに失望されるより、誰かにまた利香さんをかっさらわれるのが恐ろしかった。

「まずは利香さんとお見合いがしたいんです。ご両親にもご挨拶をして、了承を得てから見合いができたらと考えています」

正式に見合いをして、お友達からはじめてもいい。結婚を前提に考えてくれるなら。

おかずの肉豆腐を白米とかき込み、漬物をバリバリと完食した涼先輩はお茶をぐいっとあおった。

「わかった。ただし、利香が良いと言ったらだ」

「はい、わかっています。利香さんの気持ちを尊重します」

「……うう、利香が見合いだなんて、想像したら本当に結婚するみたいで寂しくなっちゃうな」

何度も「そう仕向けたのはオレたちだけど早過ぎない？」なんて嘆く涼先輩を眺めながら、俺も昼食を急いで胃におさめた。

涼先輩は利香さんと会う約束があるからと、午後の課業を終えると私服に着替えて翔先輩と出かけていった。

そわそわしてしまう。

その夜には、利香さんは『お見合いとかご挨拶じゃなくて、改めてお礼がしたい』と言っていたと伝えてくれた。

翌日は十七時の課業終了のあと、話がしたいから隊舎の外の店に行かないかと先輩たちに誘われた。

賑やかなハンバーガーチェーン店の隅のテーブル席で、大きな男が三人集まる。

駐屯地のあるこの街の人々は、日頃から大柄な男を見慣れているんだろう。とくだん気にもとめられず、なんなら夜食の調達にと隊員がちらほらとテイクアウトしにやってきていた。

改めてと背筋を正して、「利香から聞いた。大変なところを巡が助けてくれたって」と、静かな目で涼先輩が俺を見据えた。

あの日の出来事を、利香さんはこのタイミングで涼先輩に打ち明けたらしい。怒りに震える涼先輩と、同じく翔先輩が俺に改めてなにがあったのかを聞きたいと言うので知っている限りを説明した。

先輩たちはいまにも男のもとへ駆け出していってしまいそうな鬼気迫る怒りを滲ませていた。しかし、強い理性がそれを留めているように見える。

隊舎に門限を過ぎても帰らない、連絡もしない行方不明を〝脱柵《だっさく》〟と呼ぶ。

万が一脱柵にでもなったら、なにがなんでも連れ戻すために部隊で私服に着替え全力で街を捜す。同時に警務隊とも協力し捜索をする。

俺たちは訓練を受けているので、それがいきなり行方不明になるのはおおいに問題がある。身につけた能力でなにか起こされたら大変困るのだ。

実家や友人宅、とにかくありとあらゆる縁がありそうなところを捜索され、見つかればかかった費用はすべて脱柵した隊員に請求される。

〝脱柵した奴〟なんてレッテルを貼られる、涼先輩と翔先輩がそんなことになるのは絶対に嫌だ。

なるたけこれ以上刺激しないように、慎重に言葉を選ぶ。

そしてこの経緯を隠していたことを謝罪するとふたりは、この場合は仕方がなかったと言ってくれた。

「俺が助けに入る寸前、妹さんの目つきというか、表情がすっと変わったんです。その顔が組み手のときの先輩に似ていて、〝あっ、これは投げるつもりだ〟ってわかりました。柔道してたんですよね。そのまま投げたら今度は利香さんが男になにを言われるかわからないから、すぐに男の腕を掴んで……思いっきり掴んでその空気を壊しました」

思いっきり掴んで、と言い直したのを聞いて多少は溜飲《りゅういん》が下がったのか、「ああ～」と言ってふたりは大きなため息を吐いた。

静かに怒りを孕んだ目が、いまは穏やかに変わっていた。

「良かった……ありがとな。利香を助けてくれて。そして止めてもくれてありがとう」

「巡、偉い。もちろん男の腕は本気で掴んだんだよね？」

わかってるよね？とばかりに、翔先輩の目が言う。

「思いっきりやってやりました。向こうの腕の骨が粉砕してもいいと思いましたが、握力が足りなかったのが悔しいです」

そのくらい本気で、あの男が利香さんに触れているのが許せなかった。

涼先輩や翔先輩は、自身のご両親を悪くは言わなかった。きっと利香さんが説明をしたのか、ご両親と話をしたのかもしれない。

怒りはご両親には向かず、すべてあの男に向いているように思えた。

できたてが売りのハンバーガーが冷めないうちにと、やっと張り詰めた空気が緩んだタイミングで手をつけはじめる。

特製のソースがたっぷり挟んであるのでこぼさないように食べるのには少々コツがいるが、ひと口がでかい、早食いとなるとソースで口元を汚す前に食べ終わる。

あっという間に平らげて、冷たいアイスコーヒーを啜る。そうして、あの裏通りへ行った理由も加えて話をした。

「同期の竹田《たけだ》に、あの裏通りに珍しいジュースが売ってる自販機があるって聞いてたんですよ。たまたま思い出して、それを見に裏通りに行ったんです。なんなら買って竹田との話のタネにしようって」

「なら、竹田も功労者だな。近いうちに飯に連れてってやろう」

「そうだね。帰ったら僕から声をかけてみるよ」

今回の功労者になった竹田、翔先輩に食事に誘われて喜ぶだろうな。ただ誘われた理由は謎に思うかもしれないけれど。

〝廣永に珍しいジュースが売っている自販機を教えてくれてありがとう〟と翔先輩は言うんだろうか。竹田からあとで聞くのが楽しみだ。

これから習志野駐屯地の夏まつりなどを控え準備で忙しくなるので、早速とばかりにその週には涼先輩と翔先輩、それに利香さんの実家に行くことになった。

ご両親からは『廣永さんには気軽な気持ちで遊びにきて欲しい』と、涼先輩にメッセージが送られてきたらしい。

土曜日の朝。いつもより念入りに髭《ひげ》を剃《そ》り、襟のついた清潔感のあるシャツに着替えた。

売店で買っておいた新しい靴下をおろし、念入りにアイロンをかけたハンカチも用意した。

緊張がじわじわと痺《しび》れるように全身を震わせる。こんなの、はじめての降下訓練で、輸送機の開いたハッチから地上の景色が目に飛び込んできたとき以来だ。

俺の気合いの入れように同室の一期上の先輩が「彼女とデートか？」なんてからか

ってくる。

隊舎は六人部屋なので、普段と違うことをしているとすぐに見つかってしまう。

「デートではないんですけど、これからデートができる関係になれるように頑張ってきます」

そう答えると、誤魔化さず素直に答えたのが拍子抜けだったらしい。「その服装に合う靴を貸そうか？」とか「整髪料使う？」なんて今度は他の先輩も世話を焼こうとしてくる。

基本的に動きやすい格好が好きだ。Tシャツ、パーカー、トレーナー、それにジーンズが多い。自衛官何人かで出かけると、全員がこんな感じになる。

「ありがとうございます、助かります。手土産が欲しいんですが、駅周辺でいまから買えるおすすめとかありますか？」

「彼女に渡すの？」

「彼女っていうか、そうなったらいいなって女の子とそのご両親です。これから実家にお邪魔し、ご挨拶して友達からはじめるところです」

皆「えっ」と言い、「どこかのご令嬢かなにかなのか」と聞いてきた。

「とにかく大事に思ってる子です。だから絶対に失敗したくないんです」

この答えに、俺を囲んでいた先輩たちはおおいに盛り上がる。

洋生菓子ならあの店、焼き菓子ならここがあるとかスマホ片手に調べてくれたり、とにかく茶化さず真剣になってくれたのがありがたかった。

涼先輩たちや利香さんのご実家は隣市にあるらしい。利香さんの暮らすマンションはご実家の比較的近くで、行き来していると聞いた。

涼先輩たちと隊舎を出て無事に手土産を買い、駅から三十分ほど電車に揺られ十分くらい歩いた住宅地にご実家はあった。

二階建てで、門から玄関までのポーチが綺麗に草取りされていた。カーポートの下には車が停まり、小学校で育てたアサガオの青く四角い空の植木鉢が三個重ねて端で色褪《いろあ》せていた。あれはうちのベランダにも、しばらく置いてあったのを思い出す。

それが本当に、ここが先輩たちや利香さんの育ったお家なのだと感じさせる。

「ちょっと深呼吸していいですか？」

「緊張してるのか？」

「それもあるんですが、尊敬する先輩たちと利香さんが育ったお家にお邪魔できるなんて、聖地巡礼と同じですから」

空気を吸っておきたいんです。と言うと、翔先輩に「やばいからやめな」と背中を軽くバチンと叩かれた。

それを見た涼先輩が笑いながらインターホンを押すと、すぐにガチャリと玄関が開いた。

利香さんがすぐに俺を見つけて、ほんのりと顔を赤くする。

「こんにちは、廣永さんいらっしゃいませ。お兄ちゃんたちは、おかえりなさい」

長い髪を緩くまとめて、涼し気な白い半袖のサマーニットに、ひらひらと揺れて可愛い向日葵《ひまわり》みたいな色のロングスカート。

可愛い。すごく可愛い。

火照り出した顔から汗が流れ出す前に、息を吐いて気合いを入れてから挨拶をする。

「こんにちは、お久しぶりです。これ良かったら、皆さんで召し上がってください」

数種類のフルーツがごろごろと贅沢に入ったゼリー。

包んでもらった箱の入った紙袋を手渡すと、利香さんはお礼を言って受け取ってくれた。

「ありがとうございます。こんなに気を遣われなくても良かったんですよ」

「いえ。お家にお邪魔するのに、手ぶらではいけませんから」

網膜に可愛い利香さんの姿を焼き付けたくてじっと見ていると、それに気がついたのか彼女は白い手の甲で額を拭いふっと横を向いてしまった。

耳から首筋が、赤くなっている。

「あの……そんなに見ないでください」

「……あっ、すみません！　可愛くてつい」

「かわ、可愛いだなんて」

「利香は可愛い！」と涼先輩が加わり、利香さんは「お茶の用意をしてきます！」と奥へ足早に消えていってしまった。

なかに入るよう促され、靴を脱ぎ揃え先輩たちの後をついていく。

庭に面し薄いレースカーテンがひかれたリビングでは、この間お会いしたお母さんと、はじめてお会いするお父さんが歓迎してくれた。

ご両親はソファーからわざわざ立ち上がり迎えてくれた。

お父さんは、予想外にも細身で優しい印象だ。お母さんは肩までのボブが若く見えて利香さんとはまるで姉妹みたいな印象を受けた。

「はじめまして。２等陸曹、廣永巡です」

「廣永くんのことは、涼からよく聞いているよ。それに母さんや利香からも。子供たちがお世話になっています」

うんと年下の俺にも頭を下げてくださる姿勢に、ぴっと身が引き締まる。

「お世話になっているのは、俺の方です。この仕事を続けられているのも、先輩たちのご指導のおかげです」

俺も深く頭を下げ、ご両親にご挨拶できたことに安心する。場は和やかで、受け入れられていると感じられる雰囲気に安堵した。

利香さんとお母さんが冷たいお茶と、さっき渡したフルーツゼリーを出してくれた。それを食べながら自分たちの仕事の話や、全国自衛隊柔道大会の話題で盛り上がる。リビングにはトロフィーや盾がずらりと並び、先輩たちが子供の頃から柔道が強かったのだとわかった。

そしてあの日のことは、家族の間で話が決着しているのだろう。先輩たちも、ご両親も、利香さんも話題には出さない。

悪い雰囲気ではないので、丸くおさまっていたらいいなと思う。あの男のことを、俺は許さないけど。

ふっと会話が途切れ、本来の目的に話が移りそうな雰囲気がしてきた。

すかさず、俺は自分のボディバッグから真っ白で折り目ひとつない封筒を、目の前に座る利香さんのお父さんに差し出した。

「今日は、お願いがあってこちらを持参しました」

「うん？　なんだろう」

利香さんのお父さんは、封筒から便箋《びんせん》を取り出して広げた。

「わ、身上書《しんじょうしょ》だ」

身上書とは、お見合いの場合にしたためる自己紹介カードみたいなものだ。自分のことを知ってもらいたい、信用を得たいと用意してきた。

「ぜひ、結婚を前提に利香さんとお友達からスタートさせてください！」

今日、俺がご両親に身上書を渡すことを話してある先輩たちは、黙って見守ってくれている。

思い切り頭を下げると、利香さんの「廣永さんっ」と呼ぶ声が聞こえた。

利香さんは〝お見合いはともかく〟と涼先輩に伝えていた。だからまず友達になって、ゆっくりお互いを知っていきたいと考えた。

そしてゆくゆくは、結婚したい。絶対にだ。

少しの沈黙のあと、利香さんのお父さんは笑い出した。

どうリアクションしていいのかわからず顔を上げると、利香さんのお父さんは目尻に涙をためて鼻を赤くしている。

「ふふ、廣永さんと、もっと早く知り合いたかったよ。人となりは息子たちから聞いている。娘を助けてくれたことも。お互いが良いなら、是非とも友達からはじめて欲しい」

すぐに利香さんの顔を見る。

「結婚とかは、まだまったく想像がつかないので……えっと、まずはお友達になってもらえたら……嬉しいです」

一生懸命に言葉を紡いで、今度こそ返事を聞かせてくれた。

嬉しさが体の内側からみなぎってくる。同時に気恥ずかしさや、更なる緊張で頭が爆発しそうだ。

「友達として、まずはよろしくお願いします！」

夢ではないことを確かめたくて利香さんに右手を差し出すと、利香さんはこれまで見たなかで、一番真っ赤になって握手をしてくれた。

三章

廣永さんに、池上さんから助けてもらった日。私は廣永さんからの申し出にびっくりし過ぎて、改めてお礼を伝えるための連絡先を聞くタイミングを失ったままお別れしてしまっていた。

ショックを受けていたとはいえ不義理をしてしまったことを深く反省し落ち込み、あの申し出はともかくもう一度きちんとお礼と謝罪をしようと決めた。

兄たちに内緒にして欲しいだなんて言って、勝手に自分の都合で巻き込んでしまった。

廣永さんが兄たちを尊敬してくれているのを知っているのに、最低なことをしてしまったのだ。

きっと、複雑な思いを抱えてしまっているだろう。ひとつ判断を間違えば怪我や命に関わってしまうお仕事をしているのに申し訳ないことをした。

――まずは、兄たちにあの日のことを打ち明ける。そうして廣永さんに助けてもらったことを話し、秘密にして欲しいと頼んでしまったことを謝罪する。

本来なら、真っ先に謝らなければならないのは廣永さんにだ。けれどその前に、兄たちにも状況を説明しておきたい。

ひとり大反省会ののち週末を待たずに、私は『話したいことがあるので、駐屯地の近くまで行くので時間を作ってください』と、涼兄ちゃんと翔兄ちゃんにメッセージを送った。

基本平日は十七時に課業は終わると聞いている。そこから就寝前の門限の時間までは、駐屯地の外に出てもいいらしい。

食事に出たり飲みに行ったりできるというので、私は駐屯地の近くまで兄たちに会いに行こうと決めていた。

兄たちからは『なにがあった』『いま話せない？』など連続でメッセージが届き心配させてしまったが、『もう終わっていて、お兄ちゃんたちに報告したいだけだから心配しないで』とだけ返信した。

メッセージをやり取りした翌日に会う約束をすることができた。兄たちは仕事上、連絡できないうちに訓練や演習へ行ってしまう場合もあるので、今回はタイミングが良かったとしかいえない。

一日の仕事を終えてダッシュで電車に乗り込み、揺られながら頭のなかで伝えたいことのシミュレーションを十回はした。

　そうして待ち合わせに指定したコーヒーショップで、私は兄たちにあの日あったことを打ち明けた。

　話が進むほどにふたりの表情がどんどん曇り、拳が握りしめられ言葉が少なくなっていく。怖くてぐっと言葉が喉に詰まるが、それでも話を続けた。

　今日たったひとつ決めていたことは、泣かないこと。

　思い出せば池上さんに言われた屈辱的な言葉が頭に再浮上して胸が潰れそうになるけれど、涙を見せたら兄たちの心を必要以上に掻《か》き乱してしまう。

　冷静に、落ち着いて、あった出来事だけを説明する。そうして自分から、二度と会いたくないと両親に話ができたこともだ。

　今回のことは、背中を押した両親は悪くない。嫌な予感はしていたのに、相談もせず断る勇気も持てず会いに行ったのは私自身なのだから。

　夜を迎えたコーヒーショップは、賑やかながらゆったりとした雰囲気に包まれていた。

　談笑する仕事帰り風の女性たち、小さなテーブルにノートパソコンを開きまだ仕事中と思われる打ち合わせ中の男性会社員がふたり。若い男女はひとつのスマホを眺めながら楽しそうに小さな声でなにやら話し合っている。

人々があちこちで、自分たちのひとときの時間を過ごしているようだ。

私たちのテーブルだけ、どんよりとした日の当たらない谷の底みたいに暗い。冷房が直撃する場所ではないのに、周りとは明らかに温度が違う。

廣永さんに助けてもらった説明のところでは、「巡から聞いてない」と声が上がった。

「ごめんなさい。私が、お兄ちゃんたちには秘密にして欲しいって頼んだんだ。心配して怒らせちゃうってわかってから」

うーん……と兄たちは考え込む。

「廣永さんは、まったくもって悪くないの。お兄ちゃんたちを怒らせて、巻き込みたくなくて……」

「……怒るだろうなぁ。大事な家族がそんな目に遭ってたんだ。大人とか子供とか関係なく、家族が傷ついたから怒るんだ」

「うん……」

「父さんと母さんは、なんて言ってた？」

「ごめんって。そんな人だとわかっていたら絶対に断ってたって。私も嫌な予感がしてたのに相談できなかったから……。お父さんが紹介した先方に言ってくれるって」

両親はただ謝っただけじゃない。連絡もしてくれると言ってくれた。本人から謝罪が欲しいが、あの態度ならそれは難しいだろう。

ならまた誰か違う女性が被害に遭わないために、あった出来事を報告するのは必要なことだと父は言う。

少なくとも、池上さんの父親が常識のある人なら、簡単な気持ちで息子を女性に紹介することを考え直してくれるだろう。

お取引先様だ。父の会社での立場もあるのに、娘の私に寄り添ってくれた。

私と両親の間では今回のことは解決済みだと、このこともしっかりと話をした。

「お兄ちゃんたちには、事後報告になってしまってごめんなさい」

涼兄ちゃんは、「そうか……」と言ってお砂糖をたっぷり入れていたカフェオレをごくりと飲んだ。翔兄ちゃんは無言で頷く。

「話、してくれてありがとうな」

「ううん。私ね、廣永さんにこのことは秘密にして欲しいってお願いしてしまったでしょ。そのことが廣永さんの負担になるって気づいて、自分からお兄ちゃんたちに打ち明けなきゃって。だから今日は時間を作ってくれてありがとう」

それから、今度は廣永さんのことだ。

「廣永さんに謝りたいんだ。巻き込んでしまって申し訳ないのに、連絡先がわからなくて謝ることができなくて……。自分からお兄ちゃんたちに話をしたから、もう秘密にしなくていいって謝罪をしたい」

それを聞いた涼兄ちゃんが、「あっ！」と声を上げた。

「巡が、利香と見合いがしたいって言ってるんだよ。なんでいきなりって思ってたんだけど、そういう経緯があったんだな」

今度は私が、「えっ」と声を上げる番だった。自分が思うよりもずっと大きな声が出てしまい、慌てて口元に手を当てた。

「たっ、助けてくれたときにね、廣永さんは自分が友達にでもお見合い相手にでもなるって慰めてくれたんだ。私はそのとき、頭が混乱していて返事ができなくて……そのときのことを気にしてくれているんだね」

秘密を強要したり、気を遣わせたりと本当に申し訳ないことになってしまっている。涼兄ちゃんにまで、そんなことを言ってくれていたなんて。いや、私が真面目な廣永さんにそう言わせてしまったんだ。

廣永さんとお友達になれるなんてことは、夢に近い。更にお見合いだなんて、前世で世界を三度は救っていないとバランスが取れないだろう。

「その巡なんだけどな」

「うん？」

短い髪をガシガシかいた涼兄ちゃんが、翔兄ちゃんと目を合わせた。

「え、なに？」

「巡は本気みたいだよ。オレたちは、巡だったら利香の友達になってくれたらって思ってふたりを会わせたんだ。ゆっくり上手くいけばいいなと思っていたんだけど、巡はいきなりフルスロットルだ」

一瞬、耳に届いていた賑やかな笑い声や話し声が小さくなっていく。そうしてぴたっと止まって、また少しずつ耳が音を拾っていく。

目を丸くする私の顔を、同じような表情で兄たちが見つめている。私からなにか言うのを待つように、反応を確かめているようだ。

「……えっと、ごめん確認してもいいかな。廣永さんのお誕生日のお祝いの会って、そういう意味だったの？」

「あくまでも、きっかけだ。巡が人間的に良い奴なのはオレらが保証する。そういう奴なら、利香を任せてもいいって思ったから会わせたいって誘った」

あの焼肉は、廣永さんのお誕生日のお祝い兼兄たちが私を紹介する場だったのだ。

わからなかった。もし聞かされていたら、行ったかどうか。

「廣永さん、断れなくてヤケになってるんだよ……。プレッシャーに耐えられなくて、心を殺して無理してるのかもしれない」

つんと鼻の奥が痛くなって、目頭が熱くなった。それを誤魔化すのに、冷めはじめたコーヒーに口をつける。

苦くてほんのり酸っぱい風味がして、泣きそうな気持ちを紛らわすことができた。

すると黙っていた翔兄ちゃんが、ぽつりと話し出す。

「本当はね、自衛官なんて利香に会わせたくなかったんだ。利香の前では言いたくなかったけど、殉職《じゅんしょく》だって別に珍しいことじゃない。家族を残して死んだ先輩の話もたくさん聞いた。だからとりあえず自衛官だけはって思ってたんだ」

「翔兄ちゃん……？」

「だけど……巡は……あれはそういう不安を飛び越えて、まず死にそうにない。それに人を大事にする行動が自然にできる。あとよく笑うだろ？　そんな巡が利香と繋がりを持ってくれたら、利香はいまよりずっと笑ってくれるんじゃないかって僕らに思わせたんだ。巡はすごいよ、僕たちの知らないところで利香を助けてくれていた」

殉職、と聞いて、ぐっと気持ちが重くなる。

兄たちも、廣永さんも、体を張った仕事をしている。私が万が一にでも悲しい目に遭わないように考えてくれていたけれど、廣永さんは特別だったのだ。

「僕は、利香に巡を会わせたのを後悔してない。最初は巡と利香が友達になってくれたらって思ったけど、巡は……はじめて会った日、利香ばっかり見てた。人の心にはこうやって好意が芽吹いて育っていくんだなって、隣で見ていたよ」

翔兄ちゃんの話に、私の涙はすっかり引っ込んだ。頬が痛くなるほど熱くなって、熱い七輪越しに目が合った廣永さんの顔を思い出してしまっていた。

私のことを、見ていたなんて。それに翔兄ちゃんは気づいていたのに、私はまったくわからなかった。

けれど、私も自分が変わっていく予感はしていたのだ。

もし、もし……廣永さんが、兄たちに気を遣っているのではなくて。

本当に本気で、私と向き合ってくれようとしているなら——。

「……わ、私も。私も廣永さんと会って……まずいなってすぐ思った。あと少し同じ時間を過ごしたら……廣永さんを好きになりそうだった。だからもう会わないって決めてたのに、助けてもらって……」

恥ずかしさで額に浮き出る汗を何度も拭い、熱い頬に手の甲を当て冷まそうとする。

その動作を繰り返す私に、涼兄ちゃんは「もうすでに好き同士じゃないか」と言って小さく笑った。

その後すぐに廣永さんが私たちの実家へ来て、まずはお友達からはじめることになった。


連絡先を交換した私たちは、拙いメッセージのやり取りからはじめた。

好きな食べ物、動物、行きたいところ。

今どきの小学生でもしないような、まるでお互いを知るための交換ノートに似たやり取りをしている。

これが思いのほかに楽しくて、やり取りしたメッセージ一覧を眠る前に読み直すのが私の日課になった。

廣永さんが恋愛経験のない私に合わせてくれるのを申し訳なく思う。けれどそんなときは、いつも実家へきてくれた姿を思い出して元気を貰うのだ。

翌月には駐屯地での夏まつりを控え、廣永さんは忙しそうだ。元々兄たちもこの時期は予定が合いづらかったことを思い出す。

メールのやり取りを減らすと『忙しい?』と心配してくれる。忙しいのは廣永さんなのだ、やり取りの時間を自分の時間にあてて欲しい。

だけどそれをなんだか良い感じに伝える語彙《ごい》力が私にはなく、またこれ以上心配させたくなくてメッセージのやり取りを再開してしまう。

『いつもより忙しいと思うので、夏まつりが終わるまでは無理しないでください。メッセージも時間があるときに送ってくれたら嬉しいです』

何十回も打っては部分的に消して直したメッセージの文。送れずに、未送信のままになっている。

冷たい文章だと思われるだろうか。もっと上手く伝えられればいいのに。

「……いつかつまらない子だと、がっかりされちゃうかもな。だめだ……悪い方へ考えはじめたら止まらなくなる」

もし、兄たちのような社交的な性格だと勘違いさせてしまっていたら非常に申し訳ないとも思う。

そして……いつか産みの母の話もしないといけないときがくる。

私という人間をもっと知ってもらうためには、避けては通れない話だ。

引くだろう、びっくりするだろう……。廣永さんが良くても、親御さんはどう思うだろう。

こういうとき、つくづく自分の出生が話しにくくて参ってしまう。

「……世の中には似た境遇の人がたくさんいるけど、皆そういうのを乗り越えてるんだよね。私はだめだ……なんでこんなに引きずってるんだろう」

夏まつりに遊びにこないかと廣永さんにメッセージで誘われたけれど、私は丁重に丁重をかさねてお断りをした。

我ながら弱気過ぎるなと思うけれど、駐屯地が一般に公開されるお祭りには、いわゆる自衛官が好きな女の子がたくさん遊びにくるのを知っている。

いつか、お兄ちゃんたちを驚かせようという母に連れられ内緒で夏まつりに行ったときには、女の子たちに囲まれる兄の姿に驚いてしまった。

だから安易に想像ができる、廣永さんが囲まれている姿も。

しかも第一空挺団は自衛官のなかでも鍛え上げられたエリートなので、女の子たちの熱量も高いように思えた。

きっと自衛隊に関する知識も十分にあって、話も弾むだろうと勝手に想像する。

職場に理解がある人、私だっていいなと思う。

自分が案外にもやきもち焼きだとわかってくると、廣永さんにのめり込んでいく自分が産みの母の姿と重なり怖くなってきてしまう。

「……いつまでも、こうやって悩んでるのは私だけなのに」

産みの母は私のことなんて忘れて、あの恋人と結婚して幸せに暮らしてるのだろう。

私だって、あの人のことを忘れてもっと幸せになる……。もしいつか子供を持ちたいと気持ちが変わったとしても、産みの母のようには絶対になりたくない。

「まるでいつまでも続く呪《のろ》いみたい。私も早く忘れたいよ、お母さん」

そう呟いて、廣永さんに群がる可愛い女の子たちをなぎ倒しながら、最後には廣永さんをお姫様抱っこしてガッツポーズする元気な自分を想像して眠りについた。


『都合が良かったら、一度食事に行きませんか？』

そんなメッセージを廣永さんに貰った。私は緊張しながらも夏まつりの誘いを断ってしまったこともあり、がっかりさせたくなくて『行きたいです』と返信をした。

ふたりきりなら、女の子に囲まれる姿を見ないで済む。

明日の土曜日。廣永さんには、行きたいところがあるので、一緒に行って欲しいとお願いしている。

廣永さんが喜んでくれそうな場所を、自分なりに選んだつもりだ。

私のマンションの最寄り駅まで、廣永さんは迎えにきてくれる予定になっている。

私は会社から帰り早めに簡単な夕飯を済ませた。それから一時間ゆっくりお風呂で汗を流す。

入浴後にややお高いとっておきのパックをして、新しく買った夏服と合う靴を頭のなかに浮かべながらネイルを塗る。

とにかくなにか考えるか、動いていなければ緊張でどうにかなりそうなのだ。

ベッドに広げた何枚もの夏服、スマホからは美容系チャンネルのむくみ取り動画が流れている。

いかにもデートの前日という風だ。

「でも、お友達からだからおつき合いをしている訳じゃないんだよ」

そう声に出して自分に言い聞かせないと、とんでもなく調子に乗ってしまいそうになる。

親友の菜乃には、廣永さんと友達からスタートすることになったと報告済みだ。

『頑張れ！　うまくいくように応援してるから、話聞かせてね！』と励ましのメッセージをくれた。

動画をむくみ取りからヘアアレンジに変えて、きたるべき明日に全力で備えた。

当日は朝からすでにうだるような暑さの兆しのなか。駅前で私を見つけ手を振る廣永さんの爽やかさは砂漠に突如現れたオアシスの如く清涼なものだった。

廣長さんを中心に五メートル範囲内だけ気温が低くなっているんじゃないだろうか。それに行き交う人々が皆、廣永さんを足元から顔までしみじみと拝むように見ている。突然現れた非日常に目を凝らしている。

――やっぱり、とんでもなくオーラが違う……！　私が隣にいても、廣永さんの素敵さが損なわれたりしないかな。

そんなことが頭によぎったけれど、すでに私も嬉しさにつられて手を振り返してしまっている。

逃げ出したい気持ちと、笑って私に向かって歩き出している廣永さんに、会えて嬉しいのが半分。

「利香さん！」

名前をはっきり呼ばれて笑いかけられて、逃げ出したい気持ちは一瞬で霧散した。

Tシャツにジーンズ、綺麗なスポーツブランドのスニーカーに腕時計。

ボディバッグに、アクセサリーはなし。

シンプルなのに、廣永さんの日に焼けた逞しい体にこの服装はよく似合っている。

「おはようございます。お待たせしてすみません……！」

手に握ったハンカチが、もう手汗でぐっしょりしている気がする。廣永さんと顔を合わせて、私はいま笑顔を作ってはいるけれど心臓を吐き出しそうだ。

ドキッドキッと激しく脈打っている、この調子で今日一日大丈夫なんだろうか。

「まだ約束の十分前です。だから気にすることまったくなし！　逆に俺が張り切り過ぎて先に来ちゃったんですが、可愛い利香さんを見たらまた緊張してきました」

ふはっと照れ笑う廣永さんに、私は膝から崩れ落ちそうになった。

ふっと、兄たちの顔が頭によぎる。ふたりが廣永さんを可愛がる理由がわかる気がする。

「私も緊張しています……、廣永さんが、か、格好良いので」

かろうじて出た自分の言葉で、余計に廣永さんを意識してしまう。

ハンカチ、二枚持ってくれば良かった。

「え、本当？　良かった。動きやすい服装ばっかりだから、利香さんがカジュアル過ぎるの好みじゃなかったらどうしようって心配してました」

「兄たちも動きやすさ重視な服装が多いですから、気にしません。それに廣永さんにとても似合ってます」

「あー、そう言ってもらえると嬉しいです。休日なんかは同じような格好した短髪の奴らが隊舎からぞろぞろ～って遊びに行って、ぞろぞろ～って帰ってきます」

面白くジェスチャーをつけて言うものだから、可笑しくなってしまった。

「俺も一緒になって出てきたんですよ。スキップして」

ふふっと笑っていると、廣永さんが私を見つめる。

「利香さんの格好も、改めて見ても可愛いです。利香さんがオシャレなんで、俺もきちんと気をつけないとと思いました」

ニコッと微笑まれて、恥ずかしくて顔が爆発するかと思った。

今日のために新調した夏の少しタイト目なニットワンピに、透け感のある短丈のシャツをふわりと羽織ってきた。足元は動きやすいよう、厚底のサンダルにして、カジュアル目に女性らしさを残すスタイルを選んだ。

きっと動きやすい格好でくるだろう廣永さんを想像して、ちぐはぐに見えないように考えてはきたけれど。

「や、違うんですっ！　こういうのは先人の知恵というか、歴戦の女性たちの英智のおかげなんです。廣永さんの隣にいて恥ずかしくないような格好にしたくて、流行りを調べたり店員さんにもアドバイスを貰ったんですよ」

流行を積極的に追えない私には、いざというときにそういった情報を共有してくれるオシャレな女性たちは大切な存在だ。

自分の功績ではないと必死にアピールすると、「そういうのも含めて、全部可愛いです」と〝可愛い〟の追い打ちをしてきた。

ヘロヘロになりながら構内へ向かって歩き出す。まだまだ熱の冷めない頬に手を当てて冷まそうとするけれど、なかなか引いてはくれない。

「今日は、私の行きたいところ、ということで任せていただきありがとうございます」

「どこに行くのか楽しみにしていました。甘いもの好きか聞いてくれていたし」

期待に溢れた眼差しに、喜んでもらえるか不安だったけれど行先を告げた。

「コラボカフェに行きたいんです。海沿いの大型商業施設のなかにあるスイーツ食べ放題のお店で、昨日からはじまったコラボカフェに一緒に行って欲しかったんです。近い場所ですみません」

廣永さんは一瞬動きを止めて、「えっ⁉」と嬉しそうな驚きの声を上げた。

「コラボカフェ……⁉」

目がキラッと輝き、なんだか急にソワソワもしている。

ボディバッグのベルトを両手でぎゅっと握ったり、離したりを繰り返す。

「そうなんです、テリーヌの！　コラボメニューがものすごく可愛いんですよ。テリーヌをイメージしたふわふわブラマンジェや、絵柄がランダムで届くプリントラテ……それにパフェが」

「テリーヌの好きなものだけがのった〝テリーヌの宝物いっぱいパフェ〟ですよね！」

満面の笑みを浮かべて私にそう言ったあと、廣永さんはしまったという顔をした。

テリーヌのコラボカフェがはじまったことは、すでに知っていたのだろう。

メニューまでしっかりチェックしていたようだ。

テリーヌのこと、きっと大好きなんだろうとは思っていた。

しかし私にはまだテリーヌが好きということを隠しておきたいんだと思いながら、食い気味だったことも気づかないフリを突き通す。

今日は廣永さんを喜ばせる作戦なのだから、これでいい。最後まで上手くいって、喜んで欲しいから。

「それです！　写真を見たんですが可愛いかったぁ！　クマのぬいぐるみに、リボン、お花に、あとなにかあったような」

「……貝殻ですね。テリーヌのお友達の、猫のクエンが浜辺で拾ってテリーヌにプレゼントしたんです」

そうすかさず補足を入れてくれる。廣永さんが早くオープンになってくれることをこっそり祈る。

「そうでした、貝殻！　そういう経緯があってのテリーヌの宝物なんですね。パフェは絶対に頼みましょう。それに、ランダムコースターもコンプリートしたいですね」

コラボカフェを調べているときに、飲み物や料理を頼むとランダムでコラボカフェ限定の書き下ろし絵柄のコースターが一枚付いてくることを知った。

絵柄は六種類。最低でも飲み物と料理を六品頼むことになるけれど、どの絵柄もとてつもなく可愛かったのだ。

今日のニットワンピは、飲み物をたくさん飲めるようお腹を締め付けないためでもある。

ぽっこりお腹が出てしまっても、羽織ってきたシャツでどうにか目に入る情報量を分散させ、目立たないようにできる。

明日のむくみは覚悟のうえだ。

喜びを抑えきれないのか、廣永さんの瞳は更にキラキラして嬉しいオーラが溢れ出している。

お出かけ先をコラボカフェにして良かった。

そんなことを考えていたとき、構内で子供の大きな泣き声が聞こえた。

見ればベビーカーに赤ちゃんを乗せたお母さんと三歳くらいの男の子が、エレベーターの前にいて、なだめている。

「かいだんか、エスカレーターでいきたいぃぃぃ!」

泣き叫ぶ男の子の声と様子で、どうしてお母さんが困り果てているのかはすぐに想像ができた。

ベビーカーにはいくつも荷物がかけられ、すぐに畳むのは難しそう。それに畳んだベビーカーと荷物を持ち、赤ちゃんを抱いて、あの男の子と手を繋いでエスカレーターに乗るのは至難の業だ。もちろん、階段もだ。

どうにかなだめて、男の子の機嫌をおさめないと一歩も動けない状態だった。

これは大変だ。

とにかくなにか少しでも手伝えることをと、廣永さんには待っていてもらうのに声をかけようとして顔を見る。廣永さんはすぐに察してくれて「一緒に声をかけてみましょう」と微笑んで言ってくれた。

「こんにちは。なにか手伝えることはありませんか?」

そう私が先に声をかけると、泣いていた男の子は廣永さんを見上げ、お母さんは私に「すみません」と何度も頭を下げた。

「謝ることなんてないですから、大丈夫です」

それでも頭を下げるお母さんの様子に、子育て中である親友の菜乃の姿が重なる。

しゃがんだ廣永さんは、男の子と目線を合わせる。

「こんにちは。君は階段やエスカレーターの方が好きなんだね」

そう聞かれ、男の子は戸惑いながら頷いた。

廣永さんの登場に、驚いて泣き止んだようだ。

「もし良かったら、俺がベビーカーや荷物を全部持ちます。お母さんは赤ちゃんを抱いてもらって、利香さんは上のお子さんと手を繋ぎ、みんなで階段で行くのはどうでしょう?」

土曜日の駅のエスカレーターは、人を乗せてひっきりなしに上下している。

そのぶん、階段を使う人は少なく思う。そこなら男の子のペースに合わせて移動ができそうだ。

廣永さんの提案に、お母さんは迷いながらも最後は男の子を任せてくれた。

「赤ちゃん、ミルクやオムツは大丈夫ですか?　お母さんのお手洗いもありましたらいまのうちに」

「でも、おふたりにご迷惑が……」

申し訳なさそうにするお母さんに、廣永さんが声をかける。

「困ったときはお互い様です。俺も小さい頃、散々泣いて母を困らせていたのを、色んな人に助けてもらったと聞いているので。いまはそのお返しです」

赤ちゃんはオムツが濡れているようなので、お母さんにはマザーズバッグと貴重品を持って行ってもらい、私たちは男の子とベビーカーを預かり多目的トイレのすぐ前で待つことになった。

連れ去りなどを想像させお母さんを不安にしないために、男の子には定期的に「ママー」と声に出してもらっている。多目的トイレからもお母さんからの返事があるので、男の子も安心しているように見える。

しかし人様の子供を一時的にでも預かるのは責任重大なことだと、身が引き締まる。

元気な男の子は廣永さんに興味津々で、足にしがみついたりじゃれている。それをひょいっと軽々持ち上げて、肩車をしたときには驚いた。

「こうしていれば、見失ったりしないですから」

本当に、ぬいぐるみでも肩に簡単に乗せるように軽々と男の子を持ち上げて言った。

よっぽどな顔で私が見ていたからか、廣永さんは笑って答え合わせをしてくれる。

「空挺降下訓練には、空挺背嚢《はいのう》、主傘《しゅさん》とその予備など背負っていきますからね。装備合わせて大体全部で七十キロくらいなんで、小さい子を肩車するのなんて軽いもんです。主傘が十五キロだから、それより軽いかも」

「前に兄が実家で、お互いを背負って大体このくらいって笑っていました」

「あはは、その通りです。装備の装着をして輸送機まで歩いていると、全部自分の命に関わる物の重さなんだなーってたまに思います」

肩車してもらった男の子は、「きゃー」と言って廣永さんの頭を抱え込む。髪が乱れても気にすることなく、男の子の機嫌が上がるようあやしている。

ふっと、廣永さんが結婚したら、この人はこんな風に自分の子供とも接するのかなと想像してしまう。

廣永さんの子供は、幸せなんだろうな。

なんて、羨ましくも思ってしまった。

「利香さんも、あとで肩車しようか？　絶対に落とさない自信がありますから、安心して任せて」

「わっ、私は大丈夫です。楽しそうだけど、バランス取れないので……！」

慌てて断ると、廣永さんは悪戯《いたずら》っぽく「残念」と笑った。

そのあと、多目的トイレから出てきたお母さんと、私は一緒に階段に向かった。

一度ベビーカーから荷物を外すと、そのすべてと畳んだベビーカーを廣永さんは軽々と持ち上げた。

私はしっかりと男の子の小さな手を握り、ゆっくりと一段ずつ階段を登っていく。

赤ちゃんはお母さんの抱っこ紐のなかだ。

階段を登りきった頃には、男の子はすっかり上機嫌になっていた。

赤ちゃんはお母さんの胸のなかで眠りそうになっている。廣永さんがベビーカーを広げると、お母さんはそこへ慎重に赤ちゃんをおろした。

一瞬むずがったけれど、よほど眠かったのか大人しく寝入ったようだ。

「声をかけてくださったおかげで、本当に助かりました」

お母さんは、ほっと胸を撫で下ろしそうお礼を伝えてくれた。

「いえ、こちらこそ、息子さんを私たちを信用して預けてくださり嬉しかったです」

私と廣永さんは、同時に頭を下げた。

「おふたりとも優しくて、とてもお似合いだと思いました。この子たちも、そんな優しい子になって欲しいので、お手本を見せてくださってありがとうございます」

男の子は、「おにいちゃんみたいに、でっかくなる」と言って廣永さんの足元に抱きついた。

母子と別れるとき、男の子は大きく手を振ってくれた。

「さっきのお母さんが、俺と利香さんのことをお似合いだって言ってくれましたね」

廣永さんは「やったね」なんて、小さなガッツポーズまで見せてくれる。

私は照れてしまって、「はい」と小さく答えることしかできなかった。

ここから電車で少し移動だ。電車内は多少人がいるけれど、平日朝や夕方ほどではなかった。

廣永さんと一緒に電車に乗っているのがなんだかくすぐったくて、見慣れた景色も不思議と新鮮に見えた。

ついにやってきたスイーツ食べ放題とのコラボカフェ。予想はしていたけれど、やはり入口は人で賑わい混雑しているようだ。

今回、絶対に待たされるとわかっていたので、私は予約を取っておいた。

誰かとどこかに出かけるとき、私は相手ががっかりしたり、疲れないように行先で予約できるところはそうする癖がついている。

先回りして、相手の機嫌を損ねないよう行動してしまう。悲しいかな、そういう性質なのだ。

本来なら予約時間まで商業施設内で時間調整する予定だったけれど、駅での出来事で予約時間ちょっと前の来店になった。

「わ、混んでますね」

「そうみたいですね。なので今日は、予約してあります。あっちで先に店員さんに声をかけましょう」

勝手にそうしたこと、嫌じゃなかったかな。

ちらりと見た廣永さんの表情には、不快感は窺えなかった。

「予約してくれていたんですか。大変じゃなかったですか」

「たまたま、この時間運が良くて取れたんです。タイミングみたいですね、ずれていたら予約は難しくて並ぶようでした」

それも楽しそうだけど、できるならスマートに廣永さんを連れてきたかった。

店員さんに声をかけ、コラボカフェにきた旨と名前を告げると伝票が手渡された。

どうやらコラボカフェの場合は、席に案内される前に自分で希望するメニューやグッズを書き込んでいくらしい。

先払いであることの説明を受け、予約の時間になって名前が呼ばれるまで待つことになった。

一緒に手渡されたメニューを廣永さんと並びながら眺める。

私もはじめて来店したけれど、明るく楽しそうな雰囲気だ。女の子たちで賑わっていて、あちこちから「可愛い」と声が上がっている。

今回のコラボによるお店のテリーヌの装飾に、廣永さんはあちこち見ながら目を輝かせる。入口にあるテリーヌのポスターをスマホで撮影している人も多い。

なにせ新規描き下ろしイラストらしいので、好きな人には堪らないのだろう。

「廣永さん、写真、写真撮りませんか？　まだ案内されるのには時間がありそうなので。入口のポスターが可愛いですよ」

私が自分のスマホを取り出すと、廣永さんもボディバッグからスマホをいそいそと取り出した。

その黒いスマホは透明なカバーがしてあり、背面に小さな四角いテリーヌのステッカーが挟まれていた。

そのテリーヌの絵に、見覚えがある。

「廣永さん、そのステッカーってもしかして」

廣永さんは自分のスマホの背面をパッと見て、「あっ」と呟いたあとに続けた。

「……利香さんに貰った誕プレのテリーヌのチョコ缶に入っていたんです。嬉しかったから、ステッカーはスマホに入れて、缶は隊舎のロッカーで保管しています」

ほんのり赤くなる廣永さんに、私もすごく嬉しくなった。

「大事にしてもらえて嬉しいです。チョコレートは美味しかったですか？」

「はい。毎日課業が終わって風呂に入ったあと、一粒ずつ大切に食べました」

眉を下げてニコニコ報告してくれる廣永さんに、一缶でなくて十缶くらいプレゼントすれば良かったと思ってしまった。

「また見つけたらプレゼントしますね」

「ありがとうございます。はぁ……利香さんがスパダリ過ぎて、ドキドキが止まんないです」

目元まで赤く染めはじめた廣永さんは本気で照れているようで、私もドキドキしはじめてしまった。

案内を待つ間に、廣永さんは顔を赤くしてしまった。きっと私も同じようになっているだろう。何度も顔を冷やすよう手を当ててしまう。

しかし男性の廣永さんからすれば、もしかしたら私は今回出しゃばり過ぎに見えたかもしれない。

ひとりであれこれ勝手に決めてしまった。そう思ったら、とても気になってくる。

「先走って、で、出過ぎた真似をしてしまいすみません……！」

「いや、俺、嬉しいです。女性と出かけることがほとんどなかったので、本来なら俺が色々考えて利香さんをエスコートしなくちゃなのに。次は俺がたくさん、利香さんが喜ぶことを考えます」

「私が喜ぶこと……？」

「とりあえず、大陸まんぷく飯店で牛タンをご馳走するでしょう？　それから……ああ、俺はまだ利香さんを知らな過ぎだ」

すみません、と謝る廣永さんに、私は胸が切なく苦しくなった。

私の喜ぶことを、真剣に考えてくれている。

知らなくて、すみませんと謝っている。

——廣永さんになら、自分のことをもっと話してもいいのかな。

「……私、大陸まんぷく飯店の牛タンが大好きです。ホラー映画を観るのも実は好きですし……って、そろそろ案内されそうです！　メニュー決めなきゃ、コラボメニューの注文は一度限りで追加できないみたいですよ」

慌てて隣の廣永さんによく見えるようメニュー表を差し出す。

「あっ、じゃあ、決めましょう。……どれも捨てがたいな……」

「なら、少々お値段が気になりますが、可愛いから全部オーダーしましょうか。どれもそんなに量はなさそうに見えます。私は張り切って朝ごはんを抜いてきちゃいましたので、結構食べる自信があります」

オムライスにパンケーキ、カレーにパフェ、ハンバーガーにゼリーやアイスクリームなど、ふたりならなんとかいけそうな量だ。

ドリンクも残さず完飲する自信がある。

「せっかくですから、後悔はしないようにいきましょう。いっぱい写真も撮って、あとで見返しましょうね」

そう提案すると廣永さんは、はぁっと感嘆のため息を吐いて両手で自分の顔を覆った。

「わ、大丈夫ですか」

「なんか、夢みたいです。いままで何度もテリーヌのコラボカフェは開催してましたが、俺がひとりできたら浮いちゃうかなって勇気が出なくて。だけど今日は利香さんが連れてきてくれて……嬉しいです。俺、テリーヌが昔から大好きなんです」

言ってくれた。ついに打ち明けてくれた……！

まるでたくさん重なった大切なもので隠したひとつを、そっと目の前で見せてくれたようで私は感激してしまった。

廣永さんて、やっぱり素敵な人なんだ。

自分が踏み出せなかったことを打ち明けて、まっすぐに感謝を伝えられる。人間ができている。

パチパチと小さな花火が廣永さんの周りで弾け飛ぶように、私には眩しく光って見える。

花火から飛んだ火花が、私の心のなかまで届いてパチパチ弾ける。

……好きだなって思う。

好きだ。私、廣永さんがやっぱり好きになっちゃった。

「……テリーヌが好きだって、そうだといいなって思っていました。今日はめいっぱいテリーヌを浴びましょう！」

廣永さんは大きく頷いて、晴れやかな顔で私に笑ってくれた。

私は素早くほとんどのフードメニューと、二杯のドリンクを伝票に記入した。そのあとすぐに店員さんに呼ばれ、レジへ向かった。

スイーツ食べ放題代は、連れてきてくれたお礼だと言って廣永さんがすべて支払いを済ませてくれた。

テーブルいっぱい、テリーヌをイメージした可愛い料理が次々と届くたびに、廣永さんは「可愛い」「夢みたいだ」と何度も嬉しそうに言って写真を撮りまくっていた。

私も廣永さんとテリーヌのコラボだ、と密かに思いながらフォルダが作れるくらい写真を撮った。

奇跡的にコースターも絵柄のコンプリートができて、そのすべてを廣永さんにプレゼントした。

「信じられない……！」と言って拝むようにコースターを両手に挟み私に頭を下げてから、廣永さんはうやうやしくボディバッグにしまった。

「お腹いっぱいになりました。食べきれると自信がありましたが、可愛くて崩すのがもったいなくて食べる時間が少なくなっちゃいましたね」

「コラボカフェってすごいって実感しました。目は癒されて、腹は満たされました。料理ひとつひとつ、アクリルスタンドになって発売して欲しいです」

それはかなりキュートだろうと盛り上がる。

料理はふたりできちんと完食して、ちょうど時間になったので名残り惜しくもスイーツ店をあとにした。

まだお昼過ぎだったので、そのまま商業施設であちこちお店を見て回る。

休日のショッピングモールは人が多い。普段なら疲れてしまうけれど、廣永さんと一緒だからか不思議と疲れを感じない。

「もし利香さんが良かったら、このなかにあるキャラクターショップにいまから行ってみませんか？」

コラボカフェで私にテリーヌが好きだと打ち明けてくれたからか、廣永さんは私を自らキャラクターショップに誘った。

「いいですね！　テリーヌのグッズをじっくり見たことがないので、この機会に色々見てみたいです」

「……最高です。夢なら覚めないで欲しい」

あんまり真面目な顔で言うものだから、思わず笑ってしまった。

キャラクターショップは白を基調としたデザインで、たくさんあるキャラクターグッズを埋もれさせないディスプレイが施されていた。

キャラクターごと、新作やシリーズでまとめられていてとても見やすい。

高価なグッズもあるけれど、ちょっとしたプレゼントに使えそうなハンドタオルやポーチ、日常使いができる生活用品も多く取り揃えられていて驚いた。

人で賑わってはいるけれど、ゆっくり見て回れないほどではない。

辿《たど》り着いたテリーヌのコーナーにも、所狭しと数々のグッズが並んでいる。

人気があるのは十分に知ってはいたけれど、ここまでのラインナップとは正直驚いた。廣永さんがテリーヌが好きだと知ってから、私も影響を受けたのかより可愛いと感じるようになっていた。

「えっ、このヘアバンド可愛い！　前髪へアクリップもある！」

「いいですよね、俺はこの前髪クリップを実家に行ったときに使ってます」

「可愛いですね、廣永さんに似合ってそうです！」

「うわー、嬉し過ぎる。全然引かないでいてくれるなんて、神だ……」

いままできっと、テリーヌ好きをあまり大ぴらにはしてこなかったのだろう。それにはきっと廣永さんの事情があったんだ。

けれど、今日ついに打ち明けてくれた。

私は誰かを傷つけたり犯罪行為になったりしなければ、人の好きなものを頭から否定する権利も気持ちもない。

私なんて、こんなに夢中になれる好きなものなんて、人に胸を張って言えるのはあの焼肉店の厚切り牛タンとホラー映画くらいだ。

「この前髪クリップ買っちゃおうかな、朝にメイクするのに便利そうです。お揃いにしてもいいですか？」

パァァっと廣永さんの表情が明るくなる。

「じゃあ、俺が利香さんにプレゼントしたい！」

「嬉しいけど、さっきもご馳走してもらったばかりなのに」

「夢だったんです。テリーヌグッズを詰め合わせて、プレゼントするのが」

その言葉に、私は学生時代を思い出した。

菜乃が当時かなり好きだったキャラクターグッズの普段使いできるものを、誕生日プレゼントに贈ったことがある。

折り畳める櫛《くし》、小さな鏡、シュシュにメイクポーチ。それらを厳選してプレゼントしたら、とても喜んでくれた。櫛や鏡にいたっては、いまでも大切に現役で使ってくれているのを知っている。

真剣に菜乃を思い浮かべて選んだぶん、喜んでもらえて私もすごく嬉しかった。

あの嬉しさを廣永さんが叶《かな》えたい夢だというなら、いま存分に叶えてもらいたい。

「では、ぜひお言葉に甘えさせてください。テリーヌのグッズを人からいただくのは、はじめてなのですごく嬉しいです」

そう答えると、廣永さんは、それはもう嬉しさ全開の笑顔を浮かべた。

そうしていそいそと、店内に置いてある買い物カゴを手に取った。

「まずは、さっき言ってた前髪クリップ。ヘアバンドも使いますよね」

確かに、ヘアバンドは朝に顔を洗うときなどに活躍しそうだ。

「あっ、このちっちゃいステンレスボトルなんて、一見するとテリーヌだってわからないシンプルさがいい。鞄に水分入れておくといざというときに役に立つ」

ミニ水筒と呼ばれる120mlサイズだ。このサイズは以前から欲しいと思っていた。

「新作のエコバッグの柄も可愛いんだ。見てください、テリーヌが頭にクロワッサンをのせてる」

ね？と私に聞く廣永さんの喜びようといったら、とても言葉ではあらわせない。

私が頷くたびに、買い物カゴには大切そうにグッズが入れられていく。

廣永さんのプレゼンテーションがとても上手くて、手に取られたグッズのすべてが必要に思えてくる。

それに、廣永さんは私のことをよく見て、私に必要そうなものを選んでくれている。

でも、もうカゴがいっぱいだ。総額のことを考えたら、もう止めないと廣永さんはふたつ目のカゴに手を伸ばしそうな勢いだ。

廣永さんが傷つかないよう、どう言ったら止まってくれるだろう……⁉

ふっとそう考えると、廣永さんは私の顔を覗き込んで「今日のところはこのくらいにします」とニッと笑った。

買い物カゴひとつぶん。どれも私のために選んでくれたテリーヌのグッズを、大きくて綺麗な巾着《きんちゃく》型のラッピングバッグに入れてリボンまで結んで。

店員さんがテキパキと形よく包んでくれる手元を、廣永さんは瞳をキラキラさせながら夢中で見ている。

その横顔があまりにも眩しくて、プレゼントをするのが夢というのはかなり本気なものだったんだと実感した。

グッズがたくさん詰まったラッピングバッグは、これまた大きな紙のショッピングバッグに入れられて店員さんから渡された。

渡してくれた店員さんも、それを受け取る廣永さんも、見守る私も全員がニコニコという楽しくて平和な空間がそこにはあった。

ショップから出ると、廣永さんはショッピングバッグを一度抱きしめたあと、私の目の前に差し出した。

「利香さんのことを考えて、どんなものなら使うかなって想像しながら選びました。

良かったら貰ってやってください」

照れて緊張しているのか、廣永さんは赤い顔になっている。

「すごく嬉しいです。絶対に大切に使います」

「気に入ってくれたらいいなと思っています」

「隣でずっと選んでくれるのを見ていましたが、どれも可愛いし、なにより私が普段使いたいと思うものばかりでした。プレゼント選びの天才ですね！」

そう素直に言うと、廣永さんは額に汗を浮かべてもっと赤くなった。

その後、あちこちお店を見て回る間、大きな紙袋はずっと廣永さんが持ってくれていた。


帰りにはマンションまで送ってくれるというので、甘えてしまった。

夏の夜は、ゆっくりと東からやってくる。

十九時になってもまだ西陽が名残を感じさせて、残熱をはらんだ風が汗で髪が張り付いたおでこを撫でていく。

マンションまでの道のりが、いつもと違って見える。隣に廣永さんがいることが、変わり映えのない日常に色をつけていく。

「利香さんの好きなもの、改めて聞いてもいいですか？」

そう聞く廣永さんの顔を見上げたら、その向こうの薄黒い空にぼんやりと星が光って見えた。

「その前に、私の方が年下なので敬語じゃなくて大丈夫です」

「……いいのかな。じゃあ、利香ちゃんって呼んでもいい？」

私は爆速で頷く。

「廣永さんの好きなように呼んでくれたら嬉しいです」

「うん、わかった。利香ちゃん」

話し方が砕けた廣永さんとは、距離が縮んだみたいで嬉しい。

利香ちゃん、利香ちゃん。廣永さんの声で呼ばれる名前を、頭のなかで反芻《はんすう》する。

「じゃあ俺も名前で呼んでくれたら嬉しいな」

「えっ」

それとこれとは、話は別だ。廣永さんを名前でなんて呼んだら、照れてまともに顔が見られなくなる予感しかない。

だけど廣永さんは、期待を込めた目で私を見てくる。呼んで欲しいと、感情が瞳から溢れ出している。

期待には応えたいが、それには心の準備が必要だった。

「い、一回練習してもいいですか」

「うん」

たった四文字の言葉が出ないのは、大切な人の名前だからだ。

だけど勇気を出して呼んだらきっと、喜んでくれるはず。その気持ちと、私の言葉を待つ廣永さんに背中を押された。

「じゅ……巡さん……！」

ありったけの勇気を出すと、廣永さんはパァァァと表情を明るくしながら、更にお願いをしてきた。

「利香ちゃんには巡くんって呼ばれたい。もっと特別な感じがするから。俺は利香ちゃんの特別になりたい」

まさかのリテイク。そして心臓をびりびりに震わせる甘え上手に、ぽろりと望まれるままに名前を呼んだ。

「……巡くん？」

「はい！　なぁに、利香ちゃん」

ニコっと笑顔を向けてくれる廣永さん……もとい巡くんの顔を見たら、勢いで呼べて良かったと思えた。

それになんだか、巡くんと名前を呼ぶと、好きだって気持ちがどんどん大きくなっていく。

「巡くん」

「また呼んでくれた」

「巡くん」

「利香ちゃん」

マンションの周辺は夕飯時のせいか、休日でもあまり人通りがない。

薄暗く、整備された歩道に自販機の明かりが灯り、夏の虫が光に誘われて集まっている。

熱を放つアスファルトの匂い、まだ下がることのない高い気温、隣から聞こえる私の歩調に自然と合わせてくれている足音。

熱に浮かされて絞られる、心臓の切なさはきっと一生忘れないだろう。

巡くんが立ち止まって、ぐずぐずになっている私の顔を見て聞く。

「利香ちゃんが好きなもの。大陸まんぷく飯店の牛タンと、ホラー映画と、他にもいっぱい教えて欲しい」

巡くんは、俺だと言って欲しそうな切ない顔で私を見つめる。

「私の、好きなもの」

牛タンとホラー映画の他に……巡くんしか思いつかない。

「俺は、利香ちゃんが好きです。好きだよ、大好きだ。毎日好きになってる……こんな気持ちはじめてだ」

「巡くん……？」

「俺は誰かに利香ちゃんを取られるなんて嫌だ、耐えられない。利香ちゃん……頑張るから、俺を好きになって？」

巡くんの凛々《りり》しい声は震えていた。

私を好きだと、声を震わせて、私に好きになって欲しいと言っている。

嬉しくて泣き出したいのと、緊張で最初の言葉が出てくるのに少しだけ時間がかかってしまった。

「……私、巡くんに駐屯地の夏まつりに誘われたとき……断ってしまいました」

「……うん」

「お祭りにはたくさんの人がきます、自衛官を好きな女の子も……私は巡くんが女の子たちに囲まれているのを想像して……嫉妬したんです」

綺麗な〝好き〟だけを見せたかったけれど、これが私の本当の気持ちだ。

「そのくらい、巡くんが好きです。今日でもっともっと好きに……なっています」

最後の方は、じわりと涙声になってしまった。

「利香ちゃんの手、少しだけ握っていい？」

頷くと、巡くんが大切そうに、そうっと私の手を取って優しく握った。

目頭がどんどん熱くなる。堪えきれなくて、下を向いた。

「好きって言ってもらえて、心臓が止まるかと思った……。好きだよ、利香ちゃん。大好き」

握られた体温の熱い手から、巡くんの嬉しさや緊張が伝わってくる。

声が出せない代わりに頷く私に、巡くんは優しい力で握った手に力を込めてくれる。

私は生まれてはじめての奇跡を、ただひたすら噛み締めていた。


――そんな感動に浸っているとき、バッグのなかでは池上さんからのメッセージを受けて、スマホが小さく震えていたなんて、私は知る由もなかった。

四章

利香ちゃんは夏まつりに行けない理由を、はっきりと教えてくれた。

俺が女の子に囲まれているところを見るのがしんどい、と。

広報も兼ねた祭りなので、きてくれた一般の人を邪険に扱ったりはできない。

きっとそういった事情もわかった上で、利香ちゃんは自衛のために断ったのだろう。

俺は少し残念に思ったけれど、その何倍も気を遣われなくて良かったと思った。

気を遣った利香ちゃんが無理に祭りにきて、もしそういった場面を見てしまったら……想像しただけで胸が苦しくなる。

好きって言ってくれたんだ。

それだけで十分だ、むしろお釣りがくるくらいだ。


毎年恒例の習志野駐屯地での夏まつりが終わった。

九月に入ると、東富士《ひがしふじ》演習場での空挺団演習がはじまった。百十キロの行軍もあり、気合いが入るものだ。

普段の課業や訓練も含め、演習は更に神経を張り詰める真剣なものになる。

空挺団の役割は、有事の際の敵への急襲、撃退だ。そうして後続部隊が続くまでの戦闘を有利に運ぶための砦《とりで》だ。

ゆえに少数精鋭、一瞬の気の緩みや油断、勝手な判断が自分の命だけでなく仲間の命まで危険に晒すことになる。

仲間の命は大事。常に肝に銘じていたけれど、利香ちゃんと出会って好きになり、また利香ちゃんからも好きだと言ってもらえて更に考えが変わった。

命を預け合う仲間にも守りたい家族がいて、帰りを待っている恋人や家族、友人がいる。もしそんな人はいないという奴らがいたって、俺はそいつらも無事でいて欲しいと思っている。

待っていてくれる人のもとへ、大きな怪我なく帰れるように任務に真剣に取り組む。


まだ夏の気配が濃く残る汗ばむ快晴の日。

これから東富士演習場へ向けて出発するために、下総《しもふさ》航空基地には輸送機が飛来していた。グレーと水色の混ざった色に塗装されたずんぐりした大型輸送機は、後部の扉を全開にし大きく口を開けて俺たちを呑み込むのを待っている。その姿はまるでクジラみたいだ。

迷彩の戦闘服に身を包み、顔にはカモフラージュのドーランを塗る。自衛隊からの支給品は肌のノリが悪く、有名化粧品メーカーの良いものを自費で買う隊員も多い。俺もそちらを使っている。

ずっしりと重い装備を助け合いながら装着し、最終点検し合い、合図で輸送機へ乗り込んでいく。

輸送機の内部は実にシンプルなものだ。

輸送機という名の通り、貨物室と呼ばれるクジラの腹のなかはほぼ空っぽで、物を運ぶのに特化した造りになっている。

これで俺たち隊員はもちろん、水陸両用車やヘリコプターも易易と呑み込む。

演習ではここから重物料投下器材に梱包《こんぽう》された物資や高機動車、中型トラックが空からポイントに向けていくつも投下される。

一定の速度を感知すると自動でパラシュートが開き、また器材が着地の際には衝撃を吸収するというのだからすごい話だ。

俺の体にはそんな機能はついていない。着地は自力でなるたけ衝撃を受けない五点着地の体勢を取るけれど、それでもはじめはみっともなくバランスを崩すこともあった。

輸送機のなかでは、壁面にずらりと並び付けられた簡易な椅子に順番で座り離陸を待つ。

クジラは口を閉じると、機体を揺らしながら助走をつけ、ゆっくりと地上から離れた。

空飛ぶクジラの腹のなかの乗り心地は良いとはいえないけれど、俺はこのエンジンの音と遠慮ない揺れは嫌いじゃなかった。

隊員たちはそれぞれ目を閉じたりして、降下の時間を待つ。俺から見える涼先輩は、まっすぐに強い目でなにもない空間を見つめていた。

この時間はいつも、俺に自衛隊をすすめてくれた、あの担任の先生のことを目を閉じて考えている。

はじめて降下するときになぜか先生を思い浮かべてから、ずっとゲン担ぎのようにルーティンになってしまっている。

あの高校を卒業した人間で、絶対に俺が一番先生を思い出している。間違いない。

俺が空挺団に入れたことを母親が先生に知らせると、先生はとても喜んだという。

本来なら俺が直接伝えなければならないのに、引っ越しなどでバタバタしているうちにタイミングを逃し続け、いまに至る不義理をしてしまっている。

先生が教えて欲しいといった空からの風景を、俺はあれから何十回も見ている。晴れの日、大雨の日、雪がちらつく日。季節ごとに空の匂いが違うのも、吸い込まれそうに怖い黒い海も、茂るさとうきび畑の青い匂いも、まだ先生に伝えられていない。

それにあの日俺が先生と一緒に手に汗を握りながら見守った連続降下の意味は、一気に多くの隊員を素早く降下させるのが目的だった。

怖がって足をすくませたらだめなのだと、この身をもって学んだ。

先生に話したいことは山ほどあるのに、先生が俺をいまも覚えていてくれているかは、いまいち自信がない。

いまもあの高校で教鞭《きょうべん》をふるっているかもわからない。俺が覚えてるのは、輸送機が通り過ぎた空を眩しそうに見上げた先生の顔だけだ。

しばらくすると貨物室の電光掲示板が降下まで一時間だと知らせる。

俺たちは立ち上がり、揺れる機体のなかで降下に向けた準備をはじめる。機内で一度外した装備を、助け合いながら再び装着していく。

「……よしっ」

緊張感が徐々に貨物室を満たしていく。それを、変わらない大きなエンジン音が声も一緒にかき混ぜる。

降下五分前になると、後方の両サイドの扉が開く。途端に機内には風が吹き込み、エンジンの轟音《ごうおん》と輸送機の羽根が風を切る音以外はどんな音も一気に聞こえづらくなる。

ここからの伝達や号令は、大声とジェスチャーになる。

降下一分前。合図で機体内のガイドロープに索環を引っ掛けた。この索環は主傘、つまりパラシュートとロープで繋がっていて、隊員が機体から飛び出しロープが強く引かれた瞬間に索環が反応し傘が開く仕組みだ。

皆が索環を使い間髪入れずに飛び出すことでパラシュートがすぐ開き、降下ポイントに多人数まとまって降りられる利点がある。

ゴォォオと響くなか、両サイドに一列に並ぶ。

スタンバイの号令で、最終チェックに入った。

「一、二、三、四、五、六、よし！」

機内の赤ランプが、黄色から青に変わった。

強い風が顔に当たる。

外気の匂いがする。

いよいよ、だ。

前の隊員に続いて前へ前へ進むと、扉の下に富士の広大な演習場が見えた。

そのまま、間髪入れずにクジラの腹から空へ飛び出した。


さっきまでの轟音はぱたりと消え、遥か向こうまで広がる眩い景色と一瞬だけ無音の世界が広がる。

ほんの少しだけ、利香ちゃんの顔が頭によぎったけれど、気を引き締めてかき消した。


無事に空挺団演習から帰りすぐに利香ちゃんに連絡を入れると、とんでもないことになっていた。

あのムカつく、利香ちゃんをどこかに連れ込もうとした、いまでも許せない男・池上から連絡がきているという。

内容を聞くと、まだ利香ちゃんに会いたいと言っているらしい。

最初に連絡を入れてきたのは夏まつりの前。

利香ちゃんが『付き合っている人がいる』とメッセージを返すと既読がつき、返信はなかったのだという。

だからこれ以上は連絡はないと思っていたら、『いまの男とは別れろ』『やり直そう』など、はじまってもいない関係を再開させろと迫ったという。

利香ちゃんは自分がもっときちんと対応できなかったからだ、と俺には言えないでいたが、演習で連絡が取れない間に勤め先の最寄り駅で池上を見つけてしまったらしい。

利香ちゃんはさぞかし怖かっただろうと思うと、あのときにもっと念入りにヤキを入れておけば良かったと右腕がビキビキしてスマホがピキッと嫌な音を立てた。

俺にもっと早く言ってくれたらと一瞬は思ったけれど、利香ちゃんは俺に心配をかけたくなかったんだと思う。

アイツからのメッセージもブロックしたかったけれど、池上は利香ちゃんの勤め先を知っているので突撃されるのを避けたかったと打ち明けてくれた。

池上は自分勝手でなにをするかわからない。神経を逆撫でしたくなかったんだろう。

その悩んだ気持ちは理解できるから、利香ちゃんを責める気は一切起きなかった。

悪いのは池上、全部池上が悪い。

利香ちゃんとは演習から帰ってきたら会う約束をしていたので、しっかり話を聞くことになった。

駅で待ち合わせて久しぶりに会った利香ちゃんは、悩んでいたせいか少し痩せていた。

会った瞬間、衝動的に抱きしめてしまいたかったけど、ゆっくり関係を深めているところなのでぐっと我慢する。

「演習お疲れ様でした」

「ありがとう。演習の間、連絡取れなくてごめん」

「いいえ、お仕事なんだから気にしないでください。怪我なく無事に終わったようで嬉しいです」

自分の悩みより、俺の心配をしてくれる利香ちゃんが健気過ぎて泣けてくる。

こんないい子が俺の彼女だと、全世界に向かって叫びたいし、うちの母親のコロッケを早く食べさせてあげたい。涼先輩と翔先輩も一緒に。

「前に利香ちゃんのご実家に行かせてもらったときに持って行ったフルーツゼリーを覚えてる？　その店の焼き菓子も美味しいって聞いたから、お土産に」

どうぞと焼き菓子の入った紙袋を渡すと、嬉しそうな笑顔を見せてくれた。

話を聞く場所は、利香ちゃんの住むマンション近くの雰囲気の良いカフェだ。ラテアートが自慢とかそういった感じで、店内はゆったりくつろげそうなソファー席が多い。朝から開いているようで、すでにあちこちの席が埋まっていた。

案内されたのは、秋めいた朝の陽が差し込み、外の通りがよく見える窓際の席だった。

利香ちゃんはざっくりしたブラウンの長袖ニットに、細いプリーツのロングスカートだ。

それがとても女性らしくて、綺麗で、俺は正面に座った利香ちゃんをまともに見ることができなかった。

暖かい店内が少し暑かったのか腕捲《まく》りをした細くて白い腕が眩しくて、そこばっかり見てしまった。

ふたりで同じカフェラテを頼む。店員さんがテーブルから去ると、利香ちゃんは突然頭を下げた。

「今回のこと、ごめんなさい。私が池上さんに、もっとはっきり言えれば良かったんです。勤め先を知られてるからってブロックできなくて、でも父からあちらに話があればもう連絡なんてないだろうって勝手に安心しちゃったから……」

可哀想なくらい頭を下げるので、大丈夫だよと何度も繰り返す。

「俺も利香ちゃんの立場だったら、もう解決したって思うよ。しかも親に話がいったら、絶対に連絡なんてこないって思う。だから、それでも連絡を取ってくるアイツが変わってるんだ」

思い出すだけで腸《はらわた》が煮えくり返る。

「どうしたらいいのか考えてるけど、どれも池上さんにはいまいちわかってもらえなそうで」

利香ちゃんは相当頭を悩ませているようだ。あー……と小さく唸っている。

「なかなか見ないくらいの自己中だったからなぁ。タチが悪い男だよあれは……ん？」

タチが悪い男、と自分で言ってパっとある人物が頭に浮かんだ。

俺がいつもテリーヌグッズを買う、あのキャラクターグッズ店の女性の店長だ。予約したグッズを取りに行くたびに、同じ隊舎に次男か三男で、癖が強い扱いにくい自己中男はいない？なんて聞いてくる。

店長はそういう男がタイプなのだけど、なかなかいないらしい。やっと彼氏を見つけても、いつの間にか男は真人間になって別れ話になってしまうという。

話を聞いて、強くこじれた自己肯定感を認めたうえに、こうしたらもっと素敵なあなたになれる、そんなところを見てみたいと言うそうだ。

まずは自分が手本となる言動をして、人がそのときにどんな反応をするかを見せる。次は自分でやらせてみて、きちんとできたら持ち上げながら褒める。

他人への挨拶、優しさ、共感を教えるのだと聞いて、それではまるで子育てみたいだなとうっすら感じたのを覚えている。

自己中男、見つけたら絶対に紹介して欲しいと耳にタコができるほど聞かされていた。

そんな男が好きなんて、変わっていると毎度思っていた。

ずっと半分くらいは冗談だろうという気持ちで聞いていたけれど、現実に池上という、店長が求めている理想のクズが現れた。

あの店長に、アイツの話をしたらどうだろう。こういう男の対処法とかもしかしたら知っているかもしれない。

「巡くん？」

「ひとりだけ、アイツみたいな自己中で高慢ちきな男を紹介して欲しいっていう人を知ってるんだ」

「……池上さんを誰かに紹介するのは問題が起こる未来しか見えないですよ。それに、私が対処できないので人に押し付けてしまうというのは……申し訳なく思います」

このタイミングで、カフェラテが運ばれてきた。利香ちゃんは可愛いクマ、俺は葉っぱみたいな模様がミルクの泡に浮いている。

いつもならスマホで写真を撮るところだけど、いまはそういった雰囲気じゃない。

「不思議な話なんだけど、その人と付き合うとどんな自己中も真人間になってしまうんだって。だからすぐ別れ話になるって言ってた」

利香ちゃんは可愛い顔に眉を寄せて、「なんででしょう?」なんて呟く。

「なんでだろうね。聞かせられたときは、なんか子育てみたいなことを言ってたけど、俺にもさっぱりわからなかった。けど、その人ならアイツの対処法も相談できるかもしれない」

浮かない顔をする利香ちゃんに、俺は自分が考えた思いを伝えた。

「ここにくる前は、俺が直接もう関わらないで欲しいとアイツに電話しようかと思ったんだ。それでぱったり大人しくなる可能性と、更に執着して突撃してくる可能性もあると考えた。正直、どっちに転ぶかは五分五分だと思う」

アイツに関しては、相当なにかいま結婚しなきゃいけない理由があるように感じる。

それで利香ちゃんに再度アタックして、都合いいようにしようとしている。

俺はそう考えた。

「一度アイツのことは丸くおさまっているから……多分、利香ちゃんはまだ、このことはご両親や先輩たちには相談するのをためらってるよね？」

優しく聞いてみると、こくこくと利香ちゃんは涙ぐんで頷いた。

「……ごめんなさい」

またご両親に負い目を感じさせたり、先輩たちを心配させたくないという気持ちが伝わってくる。相当悩んだと思う。

「謝ることない。俺に打ち明けてくれて本当に嬉しい、ありがとう」

「どうしたら良いのかわからなくて、巡くんを頼ってしまいました……っ」

「俺は利香ちゃんの彼氏なんだから、頼っていいんだよ。俺は頼られてすごく嬉しい、利香ちゃんの力になれるならなんでもできる」

なんならアイツに直接話をつけたいくらいだ。どういうつもりで利香ちゃんにちょっかいをかけるのか、話し合いたい気分だ。

……でも、そういうのは利香ちゃんはすごく怖がって嫌がるだろうし、俺を巻き込んだと長く気に病むだろう。

なるたけ穏便に、この件を解決に運ばなければいけない。

「カフェラテ、冷める前に飲んじゃおうか」

「……はい」

いやもう、利香ちゃんに内緒でアイツに会いに行きたい。どうしてそういう行動に出てしまうのか、腹を割って聞いてみたい。はっきり言ってモテないから？　なら自分を良く見てもらえる努力をするか、いっそ異性から一度離れてなにか趣味をはじめたらいい。

余計なことを考える暇もないほど体を動かしたらいいよ、入隊する？

頭のなかでアイツに入隊した際のメリットをプレゼンテーションするのを想像していると、名前を呼ばれた。

「……巡くん、あの方、お知り合いですか？」

そっと窓の外に視線を流す。つられて見ると、俺に向かって店長が満面の笑みで手を振っていた。

「あっ、あれ、店長だ！　あの人がさっき話した、自己中男大好きな人だよ」

今日は土曜日で店もあるはずなのに、店長は俺が気づいたのをいいことにカフェに入店してきた。

店長はスラっとした派手めな顔立ちで、キャラクターグッズ店の店長になる前は雑誌のモデルをしていたと言っていた。

だから余計に目を惹くのか、店長は周りの視線を集めながらあっという間に俺たちのテーブルにきて、ちゃっかり利香ちゃんの隣に座っていた。

驚いて言葉がすぐに出ない俺たちに、店長はニッと笑い、すぐに注文を取りにきた店員さんにコーヒーを頼んだ。

そうして店長は利香ちゃんに向き合うと、「こんにちは、突然ごめんね」と挨拶と謝罪をした。

「廣永くんの彼女ちゃん、だよね？　いまなにかとても困ってない……？　例えば、ヤバい男に付きまとわれてるとか」

「……どうして」

店長は俺もまだ数回しか繋いだことのない利香ちゃんの白い手を取り、「だってわかるから」とカラッと言う。

利香ちゃんは、ちょっと困ったような複雑な表情を浮かべたように見えたけれど、気のせいだったかもしれない。

「……店長、今日お店は？」

「新しいバイトの子を雇って人員を増やした途端に、売上悪くなっちゃって。だから今月はわたしのシフトの休みを増やして調整してるの。バイトの子は生活あるから削れないのよ。それにわたしの家がこの近くなの、朝ごはん買いに行くところだったんだ～」

「わ、ご近所です」

利香ちゃんが、今度はちょっと嬉しそうな顔で言った。店長のこのおおらかな雰囲気に、緊張がすぐに解けたんだろうか。いや、店長の登場が突然過ぎて、単純にキャパがオーバーしているのかもしれない。

店長がなぜ土曜日にうろついているのかはわかったので、俺はこれ幸いにと話を切り出した。

「どうして利香ちゃんが変な奴に付きまとわれているのを、店長はわかったんですか」

人との関わり合いに慎重な利香ちゃんがすっかり店長を受け入れている不思議な状況だけど、この人は警戒心を人に持たせない高いスキルがあるのかも。

「彼女ちゃんがそういう顔をしてたからかな。わたしね、変な奴に付きまとわれてる友達とか知り合いからその男を紹介してもらってるから、困った顔には敏感なんだ。本当に付きまとわれてるみたいなら、彼女ちゃん、その人をわたしに紹介してみない？」

利香ちゃんは、すかさず店長に答えた。

「だめです、絶対に不快な目に遭ってしまいます」

いきなり現れた店長の心配をするなんて、利香ちゃんは女神だ。

それから池上とどんな風にメッセージのやり取りをはじめ、会うことになって、どんな目に遭ったのかを利香ちゃんは説明した。

親の介入があり終わったと思ったら、再びまた接触をはじめたこともだ。

店長は利香ちゃんに共感するように、「怖かったね」「悲しかったね」と声をかける。

「わかる！　ああいう男はそうなんだよ、こっちを抱けるか抱けないかのモノサシしか持ってないの。しかも当然のように自分が断られる可能性を考えてないのよね」

利香ちゃんを助けたときも、アイツは欲をひとり膨らませて無理強いをしようとしていた。

直感だけど、これは店長に任せるのがいいんじゃないかと思いはじめてきた。

「廣永くんも、彼女ちゃんに内緒でその男をどうにかしようとしてたよね？　こわーい顔してるの、窓越しによく見えたよ」

「えっ」

思わず自分の顔をぺたぺた触ると、店長は笑う。

「わたし、いま三十二歳なんだけど早く結婚したいんだよね。だから、お姉さんに協力してくれる？」

三十二歳なんて、焦る歳なんだろうか。

でもなんだか店長も訳がありそうで、利香ちゃんと目を合わせた。

店長は煙草の煙でも吐く仕草で、息を吐き目を細めた。

「わたしね、お婿《むこ》さんにするなら自分のことしか考えられない、どうしようもない男がいいの。どうせ〝まともな人〟は、すぐ逃げちゃうんだから」

善は急げと店長に急かされて、その日のうちに池上に連絡を取ることになった。

招待され、カフェから店長の暮らすマンションに移動した。３ＬＤＫはありそうな広く綺麗なマンションにひとり暮らしだと聞いて、ますます店長への謎が深まる。

この人、一体何者なんだろう。

あくまで想像だけど、あの小さな店の店長というだけでは、こんな部屋は借りられないだろう。

この人、ちょっと変わってるし正体がかなり気になる。

利香ちゃんは店長の勢いに押されている様子を見せながらも、どこか気になるのかついていくのを嫌がらなかった。

俺と同じで、もしかしたら本当に店長なら対処ができるかもと藁《わら》にもすがる思いなのかもしれない。

「わたしね、地方の山奥にある村出身なの。村っていっても色々やってて、実家は長く続く豪農ってやつ。遥か向こうの山までうちの土地、みたいな家なんだけど、村には若い人がいなくて婚活しにこっちに出てきたんだ」

コーヒーをいれてくれながら、店長はざっと結婚したい理由を話してくれた。

「お婿さんを探してるんですか？」

「そう。わたしは三姉妹の一番上で、お婿さんを貰わなきゃなの。村にある実家に帰って旦那さんと家業を切り盛りしたいんだけど、なかなかねぇ……」

家電も最新式でまるでモデルルームみたいな広いリビングで、店長は「わたしは田舎の方が好きなの」と寂しそうに話す。

そう言われてみれば、子供を模した小さな木彫り人形が玄関やテレビ台に飾られている。これはもしかしたら、店長の実家の村に関わるものかもしれない。

手のひらに乗る大きさ。ころんとしていて、それぞれに花柄や縦縞などの服の絵付が施されている。

これはその村の人がひとつずつ、皆んなで集まり世間話でもしながら作業しているんじゃないかと、見てきたかのように想像してしまった。

「あの、気づいたんだけど、店長は外見よりも中身重視？」

店長はカフェからここまでの会話で、アイツの性格はよく知りたがったけど外見には一切触れなかった。

それが指先にできたささくれみたいに、気になっていた。

「そうね。ぶっちゃけて言えば、三十代までの男性で、村に婿入りしてくれれば誰でもいい。ついでにいえば強欲で、うちの資産に目が眩んで辺鄙《へんぴ》さを天秤《てんびん》にかけても村から離れられないくらいの人がいいわ。本当なら捻れた性格も直さない方が扱いやすいのだけど。それじゃなんだか可哀想で……だからいつも最後には正気に戻って逃げられちゃうのね」

それを聞いて、俺は店長は〝村に婿入り〟する男性を探していることにやっと気づいた。

「破《わ》れ鍋に綴《と》じ蓋、需要と供給よ。それにわたし、村を愛してくれるなら、どんな最低野郎でも好きになっちゃう自信があるもの」

——これじゃまるで、店長は村と添い遂げたいみたいじゃないか。夫は村が長く存続するために必要なだけなんだ。

それを聞いていた利香ちゃんは、店長の考えを知り気持ちが変わってきたようだ。

その異様さ、特殊さに気づき、店長にならアイツを紹介しても大丈夫だろうと判断したらしい。店長が、アイツに対して〝可哀想〟と言った気持ちに同調したのかもしれない。

「私で良ければ協力します。池上さん、お父さんやお兄さんを見返したいって感じでしたから。多分池上さん自身も、ご家族から離れた方が誰かと自分を比べることがなくなって幸せになれるかもしれません」

「本当⁉　彼女ちゃん話がわかる！　ありがとう～！　今度こそ村に旦那を連れて帰れるように頑張るよ！」

早速店長は利香ちゃんからスマホを借りて、ふたりで自撮りツーショットを撮った。

「これをその、池上さん？て人に送ってみて。隣の知り合いが紹介して欲しいって言ってるって。いますぐ電話してってメッセージも。電話かかってきたら、わたしが出るわ」

手が空いていれば、メッセージでの返信より先に電話してくると店長は言い切った。

すぐに利香ちゃんはトークアプリを開き、メッセージを打ちはじめ、送信する。

すると店長の予想は当たり、ほんの数分のうちに既読がつき、電話がかかってきた。スマホから鳴るコールに三人して顔を見合わせる。

「こういう人は、自分が避けられているのをわかってるの。プライドが高いぶん、それを認めたくなくてムキになる。でも寂しいから、認めてくれそうな人を常に探してる。……少しでも相手を思いやる気持ちがあれば違ったのにね」

そう笑った店長は、にっこりと笑った。

「ちょっと話したいのだけど、少しの間スマホを借りてもいい？」

「はい、大丈夫です」

利香ちゃんの了承を得てから、店長は電話に出た。

「もしもし？　こんにちは、本当に電話くださるなんて嬉しいです」

そう店長は明るく話しはじめ、ものの十分ほどの会話でアイツはこのマンションにいまから遊びにくる運びになっていた。

昼過ぎには、こちらに着くという。

電話を切る流れに、俺は代わってもらえるよう店長にジェスチャーすると、「はいっ！」と通話中のスマホを渡してくれた。

「……もしもし？」

『だっ、誰だよ』

明らかに動揺をはじめて声を震わせているけど、気にせずに話を続ける。

「利香ちゃんと交際してる者です。今後一切、この番号に連絡しないって約束してくれませんか。じゃないと、俺、直接あなたと話し合わないと気が済みません」

『もしかして、さっきの女は美人局《つつもたせ》か⁉』

「……いや、あの人は本気であんたに会いたがってます。俺や利香ちゃんはもう帰りますけど、必ず、連絡先は消してくださいね？　待ち伏せなんてしたら、本気で会いに行きます」

『おっ、女は会いたがってるんだな！　わかった、すぐ連絡先なんて消してやるから、お前らは早く帰って邪魔すんなよ！』

「邪魔はしないけど、この人は俺の知り合いです。もしなにかしたらすぐに対応に入りますからね、あんたの勤め先はわかってますから」

たった何往復かの会話だけで、コイツの性根がわかった。話しているだけでまたムカついてくるけど、もう言いたいことは言った。

再びスマホを店長に渡すと、「待ってますね～！」と言って通話を終わらせた。

「……スマホ、ずっと借りちゃってごめんね。ありがとう」

「大丈夫です。池上さんはどうでしたか？」

「あの人、すごいのね！　自慢ばっかり！　それも自分のことじゃなくて、知り合いとか友達とかのことで。自分自身のできることが理想と差があり過ぎて、強いコンプレックスを持ってるタイプだわ。話聞いていてドキドキしちゃった！」

盛り上がる店長に罪悪感は消えて、これは任せて良かったと心の底から思った。

利香ちゃんもそれには同意のようで、ほうっとため息をつき肩の力を抜いていた。

「店長。お願いがあるんだけど、アイツがきたら利香ちゃんの連絡先を消すのを見届けてくれませんか？」

そうお願いすると、「利香ちゃんだけと言わず、登録してある女性の連絡先やマッチングアプリなんかも全部消させるつもりよ」と力強く言い切った。


店長と別れて、マンションから出る。

昼間になったからか、人通りも多くなっていた。アイツと鉢合わせなんてしないように、利香ちゃんの手を取って早足でマンションから離れた。

「利香ちゃん、疲れてない？　大丈夫だった？」

まだ眩しい陽差しに目をぱちぱちさせながら、利香ちゃんは「はい」と答えた。

ちょうどいい街路樹の木陰があって、陽が当たらないように利香ちゃんをそこに入れる。

「……なんだか怒涛《どとう》の展開でずっと悩んでいたことが解決しそうで、驚いています」

「本当なら俺が利香ちゃんを助けたかったけど、釘を刺すくらいしかできなくて……ごめん」

「違います！　巡くんが店長さんの話を最初にしてくれたから、この流れに乗れたんです。店長さんも池上さんを気に入ってくれたみたいで……良かった……良かったんですよね？」

拭いきれない、または理解できない事情や謎があるけれど。

繋いでいる手を、利香ちゃんが少し強く握ってくれた。

「私、店長さんがきたとき、ちょっとだけ不安になったんです。店長さん美人で、巡くんと親しげで……。恥ずかしいけど嫉妬もしました。けど店長さんはすごく良い人で、そんな気持ちを持った自分が恥ずかしいです……」

よっぽどだったのか、利香ちゃんは繋いでいない方の手で自分の顔を隠した。

けれど頬も耳も、首筋も真っ赤だ。それを必死に隠そうとする。

「恥ずかしくない、俺は嬉しいよ……！　あっ、嬉しいって、利香ちゃんは嫌な気持ちだったのにごめんね。けど、俺のことで嫉妬してくれたの、本当にごめんだけど嬉しい」

視線を俺から外した利香ちゃんは、更に続ける。

「……っ、巡くんをどんどん好きになって、嫉妬深くなっちゃってるんです」

俺は、目の前で俺のために嫉妬したと赤くなる利香ちゃんをこの場で抱きしめたくなった。

けれど人通りがあるし、なにより利香ちゃんは人目を気にして傷つく可能性がある。

絶対に利香ちゃんを傷つけたくない俺は、ぐ――――っとその欲を抑え込んだ。

「利香ちゃんは、なんにも悪くない！　悪いのは全部俺だから、利香ちゃんは安心してもっと俺を好きになって……」

顔を隠していた手を取った利香ちゃんは、赤い顔のまま潤んだ大きな瞳を俺に向けて言った。

「もっと巡くんを好きになったら、私おかしくなっちゃいます」

……利香ちゃんと、はじめて会ったとき。

俺は利香ちゃんは、好意を寄せてきた男を無自覚に沼らせるタイプだと察していた。

可愛くて健気で、人の心配を人一倍する女の子。

俺はいま、頭の先までどっぷりと利香ちゃんという沼にハマっている。生涯抜け出すつもりはない。

「お、お、俺なんて、利香ちゃんが好き過ぎてすでにおかしくなってるよ……！」

利香ちゃんが好き。絶対に必ず結婚する。

「ふふ、それじゃ、ふたりでおかしくなっちゃいましょう」

はにかみながら小さく笑う利香ちゃんに、俺は骨抜きにされてしまった。

後日。いつの間に連絡先を交換したのか、店長から利香ちゃんに電話があったらしい。

こんなメッセージが俺あてに利香ちゃんから届いていた。

『店長さん、無事に池上さんとお付き合いをはじめたそうです。来月には店長さんのご実家の方に、池上さんを連れて遊びに行くそうです。実は池上さん、お兄さんが結婚されるそうで対抗意識があったみたいです』

「店長、周りからもう固めるつもりか……」

絶対に結婚して、店長にはアイツを連れ去って欲しい。全力で応援するつもりだ。

五章

池上さんについて悩んでいたことが思わぬ形で解決に向かってから、一ヶ月ほどが経った。

店長さんと池上さんが会ったであろう日から、池上さんからは一切連絡はない。職場の最寄り駅でも姿を見ない。

『連絡先はすぐに消させたから安心してね』とのメッセージも店長さんから受け取ってる。

私は脱力するほど安心して、安堵のため息が止まらなかった。

今度はひとりでなんとかしないと、なんてもがいたけれど、結局は八方塞《ふさ》がりになり巡くんに頼ってしまった。

巡くんには迷惑をかけたくなかったけれど、困ったり嫌われる覚悟ですべてを打ち明けて、巡くんが一緒に考えてくれたのが本当に嬉しかった。

人を不快にしない、迷惑をかけない、誰かが気を悪くする前に動くが自分の処世術だったけれど、そこに〝頼る〟〝困ったら打ち明ける〟も加わった。

巡くんを好きになって、極めて保守的だった自分が変わっていくのがわかる。

全部綺麗には変わりきれないだろうけど、いままで見守ってくれた家族、そしてこんな私を好きだと言ってくれる巡くんに恥ずかしくない自分になりたいと思った。


まだ夏の気配を残していた季節は、すっかり秋に衣替えをした。

巡くんとは平日はメッセージやたまに電話をしたり、週末には月に二、三度近場に出かけたりしている。兄たちとも、四人でご飯を食べに行った。

時々突然巡くんや兄ふたりからの連絡が途絶えたりすると、きっとどこかへ演習に行っているんだなと無事を念入りに祈るのが恒例になった。

これまでのことも菜乃に報告済みで、巡くんとのおつき合いを応援してくれている。

その菜乃の子供光くんの誕生日、三人で光くんの好きなアニメのミュージアムに遊びに行った。

海外赴任中の菜乃の旦那さんが帰れないのがわかり、菜乃から悲しみの電話があったのをきっかけに私が提案したのだ。

喜ぶ光くんを真ん中にして手を繋ぎ、一日めいっぱい遊ぶ。

そのままうちに泊まってもらい、真夜中には菜乃と久しぶりにホラー映画鑑賞ができた。

そうして日々を過ごすなかで、ずっと考えていたことがある。

例えば巡くんと夕飯を食べに行ったあと、もう少し一緒にいたいと見送るのが寂しくなっていた。

たまたま夜テレビをつけたタイミングで懐かしいアニメ映画が放送されていたり、夕方からオープンする美味しそうな居酒屋さんの情報を見たりしたときなど、巡くんと一緒に過ごせたら楽しいだろうなと想像する。

兄たちがたまに週末実家に帰ってくるときには、外泊届を出していた。許可が貰えれば、帰宅は翌日の門限までになると聞いている。

だけど、まだ手を繋ぐだけで照れてしまう私から、いきなり外泊届を出して欲しいなんて言える訳がない。

期待させてしまう……いや、おおいに期待してくれても構わない。私は巡くんが大好きだからだ。

ただ、どう言ってみたら良いのかわからない。

だからといって、巡くんから言ってくれるのを待つのもフェアじゃない。泊まりにきて欲しいなら、自分から伝えるのが筋だろう。

そんななかある晩、巡くんからメッセージが送られてきた。

『もし利香ちゃんが良かったら、いつか一晩利香ちゃんとお喋りして過ごしたい』

私は遅い夕飯を食べ終え片付けたあと、老廃物をリンパから流す動画をパソコンで流し見していた。こういう動画を見て知識を取り入れただけで、満足感を得られるのが良い。

「……えっ、まっ……！　ほんとに⁉」

スマホの画面を凝視して、何度も文面を確認する。読み間違いなく、一晩お喋りしたいと言ってくれている。

「一晩って、一晩だよ⁉」

今度、ではなく、いつかと言ってくれるところに巡くんの気遣いを感じて、ぎゅーっと胸が苦しくなった。

くぅぅ――ッと喜びを噛み締めたあと、深呼吸を繰り返して正座した。

「返事、返事しなきゃ。私もそう思っていた……いつにする？なんて返信したら性急過ぎるかな。いつ、いつがいいんだろ」

今週末でも構わない勢いだけど、張り切り過ぎていると思われたら恥ずかしい。

「違う、恥ずかしいって思われても、私も巡くんといたいって伝えなきゃなんだ……！」

あとになって恥ずかし過ぎて後悔するかもと頭をよぎったけれど、いま素直に気持ちを伝えなきゃと思った。

もう一度だけ深呼吸して、「よし！」と気合いを入れてスマホと向き合う。

「えっと……。私も、巡くんと一晩……お喋りしたいです……いつでも……巡くんの都合が……良いときに。良かったら……うちに……泊まりに……」

文字にしたら、照れがじわじわと指先に伝わって止まってしまう。

「いま伝えなきゃ、いつにするんだ。いまだ、頑張れ私！　と……泊まりにきてくださ い……っと」

短いけれど、言いたいことは文章にできた。

それをえいやっ！と勢いで送信して、ベッドに大の字になった。

「送っちゃった……。巡くん、いま見てるかな」

堪らなくなって奥歯を噛み締めていると、ピコン！とメッセージが届いたことを知らせる着信音が鳴った。

「返事きたっ！」

ガバッと起き上がり、スマホを拾い上げてドキドキしながら確認する。

『今週末、泊まりにいっても平気？』

……きた、きた、きた──ッ！　きたきたきた！

平気もなにも、大歓迎だ。それをそのまんま『大歓迎です』と打ち即行で返信をした。

ピコン！と、すかさずスマホが鳴る。

『良かった、嬉しくて今夜は眠れなそう』

「私もおんなじ、眠れないよ……！」

ニマニマが止まらないまま、スマホに話しかけてしまう。

巡くんが週末泊まりにくる……！

「お客さん用のお布団干して水回りを念入りに掃除して、やることがいっぱいだっ」

ひとりあれこれ準備の準備から考えているうちに、夜はふけていった。


土曜日の朝だ。

ついに巡くんが泊まりに来る日。八時には目を覚ましていると、珍しくこんな時間に菜乃から電話がかかってきた。

「もしもし？」

『……もしもし……利香ぁ』

その声は可哀想なほどガラガラで、無理やりに絞り出しているように聞こえる。

「菜乃、どうしたの、声が酷いよ⁉」

『うん……水曜日の夜から熱があって……。病院には行ってインフルエンザではなかったんだけどね。熱がまだ下がらなくて……はぁ……ごめん、もし大丈夫だったら……今晩だけ光を預かってもらえないかな。光は熱も鼻水もなくて、元気なんだ』

菜乃はもう息も絶え絶えで、必死に私に訴える。

菜乃のご実家は引っ越しをしていまは遠く、菜乃の緊急事態にすぐに来られる距離ではない。

だから普段から健康には人一倍気をつけていて、ひとりで頑張って、それでもどうしてもダメなときにだけ私にSOSをくれる。

菜乃のSOS、助けて欲しいと頼ってくれた。

今日は巡くんが泊まりにくるのでふたりしてすごく楽しみにしていた。

だけど……私は親友の緊急事態を放っておけない。

まだいまなら巡くんは隊舎にいる。これから連絡して謝って……。うん。私は巡くんも大好きだけど、菜乃のことも大事だ。

「いいよ、光くん預かる。すぐに迎えに行くけど、荷造りはそっちで私がするからしなくて大丈夫だからね。あと少しだけ耐えて待ってて！」

『利香……ありがとう。ごめんね』

「こちらこそだよ、頼ってくれてありがとう！　じゃあすぐ支度して向かうから、一回電話切るね」

そう言って電話を切ると、さっきまで浮かれていた気持ちが波のように引いていく。

残念だと思う、めちゃくちゃに残念だ。だけど絶対に、あのまま菜乃のＳＯＳを受け取らなかったら、後悔しかしない。

それに、私は巡くんの彼女として恥ずかしくない人でいたい。巡くんなら、私の判断を理解してくれるはずだ。

「巡くんに連絡しなきゃ」

そう言った自分の声があまりにも暗くて、活を入れるためにパジャマの上から太ももを叩く。

「……うん！　ごめんなさいって、電話する」

メッセージでなく、電話だ。そのまま巡くんの番号を表示して発信ボタンを押した。

すぐに『もしもし？』と出てくれた。

「巡くん？　おはようございます。早くにごめんね、いま平気？」

『うん、平気。どうした？』

その優しい声にうるっとしたけれど、これからドタキャンする私に悲しむ資格はない。

「実は友達が具合が悪くて、そのお子さんを今晩預かることにしたんです。だから今日の予定は……ごめんなさい」

ほんのちょっとの沈黙、それからすぐに巡くんは言葉を続けてくれた。

『子供って、利香ちゃんの親友さんの？　写真見せてくれた』

菜乃と光くんと三人で出かけたときの写真を、私は巡くんに見せていた。そのとき、事情があり菜乃が子育てをひとりで頑張っていることも話をしていた。

「そうです、菜乃が熱があって具合悪くて。光くんはいい子だけど、お世話があると休めないから預かることにしたんです」

『じゃあ、もし邪魔でなければ一緒にお世話させてもらってもいいかな。俺、きっと役に立つと思うよ。もし顔を合わせて、子供が怖がるようならすぐに帰るから』

その状況はまったく予想していなかった。いいんだろうか、そうだ、まず光くんのお母さんである菜乃に確認しなくちゃ。

「あの、いまから光くんを迎えに行くんですが、そこで菜乃に確認を取ります。大丈夫だったら、手伝いにきてもらえますか」

『うん。じゃあ、連絡待ってる。ダメでも気にしないでね、また都合あわせればいいんだから』

そう言ってくれる巡くんに何度もお礼を伝え電話を切り、支度をしてすぐに菜乃たちの待つマンションへタクシーで向かった。

私を出迎えてくれた菜乃は、もうボロボロだった。顔は熱で真っ赤でやつれて、目は潤んでしんどそうだ。

「これ、途中でタクシーに待っててもらってドラッグストアで買ってきたんだけど。勝手に冷蔵庫に入れるからあとで確認してね。ちょっと上がるよ」

飲むゼリーやスポーツドリンクにアイス、パンや牛乳などが入った袋を見せる。

「こんなに、助かるよぉ」

「つらいときに食べるもののないのは、余計にしんどいもん。菜乃の好きなアイスの新作も買ってあるからね」

お邪魔しますと玄関からリビングへ入ると、光くんがひとりで遊べるありとあらゆるものが大規模に広げてあった。

大きなテレビでは、光くんの大好きなアニメが流れている。

「あっ、りかだ！」

光くんは私に抱きついて「りか！」と名前を呼ぶ。

パジャマ姿の光くんは、クリクリの目を輝かせた。髪を切ったばかりだったのか、後頭部が綺麗に刈り上げられている。

ソファーには掛け布団が、さっきまで菜乃がそこに寝ていた形を保っていた。まるで蝶が羽化したあとの蛹《さなぎ》に似ている。

「……リビングに光ひとりでは置いておけなくて……。一日中寝るまでずーーっとあのアニメ流しててさ……頭のなかで延々とオープニング曲が流れていてつらい」

ぽろりと、菜乃は熱で赤い頬に涙を流した。

「私がきたから大丈夫だよ。とりあえず一旦そこのソファーで横になってて。光くん、いまから私の家に行って今日はお泊まりだよ」

「やったー！」と光くんは喜び、リビングを走り回る。階下に響くので慌ててそれを止めて、いまから荷造りをすると伝えた。

「その前に、光くんにはオモチャの片付けをお願いしていい？」

光くんは張り切って、片付けにすぐに取り掛かる。私は買ってきたものを冷蔵庫に入れ、キッチンのシンクに溜まった食器を予洗いしてから食洗機に突っ込んだ。

リビングのテーブルに置かれた紙パックジュースやお菓子のゴミを捨てながら、菜乃に声をかけて子供部屋に入らせてもらった。

「じゃあ、いつも私の家にくるときに持ってくるもの、リュックに詰めよう」

パジャマのままだった光くんは、おもむろに脱ぎ出しそれをリュックに入れはじめた。

光くんが自分で服を着ている間、替えの洋服や下着、靴下をリュックに詰める。

リビングに戻り菜乃の熱を測ると、体温計は38・3℃を示した。これはしんどい訳だ。

「解熱剤も一応買ってきたんだけど、飲める？」

「……うん。病院で貰った薬を飲みきってたから助かる」

買ってきた飲むゼリーをひと口胃に入れて菜乃は解熱剤を飲んだあと、残ったお水をごくごくと飲み干した。

リビングよし、キッチンよし、光くんの荷物の用意もOKだ。

最後に、ソファーの下にハマり動けないでいた自動お掃除ロボットを救出してホームベースに戻した。充電が終わったら、リビングの掃除を再開してくれるだろう。

「ロボットねぇ、つかまえてソファーのしたにしまってあげたの。あたらしいおうちだから！」

光くんは得意げに、私に教えてくれた。

ソファーでぼうっとする菜乃の肩に、側にあったフリースをかける。

私は菜乃に確認しなきゃならないことがある。

「あのね、菜乃に確認したいことがあるんだけど、いいかな」

「……ん、なに？」

「今日ね、菜乃に話した自衛官の彼氏がうちにくるんだけど、光くんに会わせてもいいかな。彼は光くんが怖がるなら、すぐ帰るって言ってる」

菜乃はハッとした顔をして、すぐに「ごめん！」と謝ってきた。

「ごめん、大丈夫だよ。光はこのまま置いていって！」

「置いていかないよ、連れていく。私は菜乃が大事だから、光くんを迎えにきたんだもん」

「でも、予定だめにしちゃうの、申し訳なさ過ぎるからっ」

「私は菜乃が頼ってくれるの、すごく嬉しいよ。だから今日も飛んできたし、彼氏がいるからって菜乃を放っておくことはない。私は今日は菜乃を助けたいし、彼もわかってくれてるよ」

菜乃は「でも」と泣きそうだ。

「光くんを預かって、菜乃がいいなら彼がうちに遊びにくる。彼との約束はなくなってないし、光くんは明日の夕方に連れてくるよ」

どうだろ、と改めて聞いてみた。

「彼氏さん……なにか言ってた？」

「手伝いたいって、役に立つよって。だからちゃんと菜乃に聞いてくるって言ったら、待っててくれてる」

ずび、と菜乃は涙と鼻水をティッシュで拭い、息を吐いたあと、「ありがとう」と言ってくれた。

「光が彼氏さんになにかしたら、叱ってね」

「するかな、いい子だから想像つかないよ。でも光くんの気持ちを一番に優先するから、安心して。写真も送るから心配しないで、寝られなかったぶん睡眠取って熱下げるんだよ？」

なにかあったらすぐに連絡してと菜乃に言い、光くんを連れてマンションを出た。

「光くん、今日ね、うちに遊びにきたいっていう人がいるんだけど。一緒していいかな？」

「だれ～ぼくのしってるひと？」

「はじめて会う人だよ。でも優しいお兄ちゃんだから、光くんも楽しいと思うんだ」

光くんは「え～」と考えたけど、すぐに「いいよ！」と言ってくれた。

「じゃあ、うちに着いたら少し休憩したあと、駅まで歩いて迎えに行こう」

「いいねー」

本当にわかっているかはわからないけど、光くんは元気に返事をしてくれた。

マンション下で呼んだタクシーでうちに戻り、光くんと一緒に手を洗ったあとに巡くんへメッセージを送る。

『いま、子供を預かって帰ってきました。菜乃から了解を得たので、駅まできてくれたらふたりで迎えに行きます』

送信してすぐに『いまから向かうね』と返ってきた。


駅まで巡くんを迎えに行くと、光くんは私の手を握りもじもじしたあと「こんにちは」と巡くんに自分から挨拶をしてくれた。

「こんにちは。改めて、俺は廣永巡です。名前を聞いてもいい？」

「ぼくは、くさかべひかるです。五さいです」

自宅ではやんちゃな印象だったけど、巡くんの前ではきちんとしている。けれど緊張や無理をしないように、私は光くんの表情を細かく確認する。

「光くんもお腹減ったでしょう。なに食べたい？　なんでもいいよ」

確か光くんにはアレルギーはなかったから、なんでも食べられるはずだ。

「らーめん」

迷うことなく、即答だ。

「巡くんも、お昼はラーメンでいいですか？」

「ラーメン大好き。光くんも？」

巡くんに話題を振られた光くんは、「すき！」と照れ隠しのように叫んだ。

光くんと巡くん。初対面で、もしかしたら光くんは途中で緊張や寂しさで泣いてしまうかと注視していたけれど、巡くんがラーメン屋さんで甲斐甲斐しく光くんの世話をしてくれたことで一気に打ち解けたようだ。

巡くんは自分の隣に光くんを座らせ、光くんのペースを見ながら先にラーメンを取り分けたり冷ましたり。

手際がいいと言うと、「見よう見まね」と笑った。

店を出ると光くんはいつの間にか巡くんと手を繋ぎ、巡くんはいつかのようにひょいっと肩車をした。

五歳の光くん相手でも軽々と肩に乗せているのにはやっぱり驚いた。

「親友さん、具合どうだった？」

「熱が高くてしんどそうでした。いま頃、ゆっくり眠ってくれてたらいいんですが……。なにかあったら連絡してと約束してあります」

「早く回復するといいね、光くんも心配だったね」

巡くんが光くんに聞くと、菜乃が熱を出して顔がずっと赤かった。幼稚園は休んだ。普段は時間が決められているアニメをずっと見ていても怒られなくて、パパと電話もしたと矢継ぎ早に話をしてくれた。

「幼稚園を休んで家にいたなら、今日は思いっきり体を使って遊ばせた方がいいかな」

「じゃあ、このまま百均に寄ってゴムボールを買って公園に行きますか。どちらも歩いていける距離にあります。光くん、三人で公園行かない？」

光くんはその誘いに「やった！」と喜んでくれた。

ボールや飲み物を買い、公園へ行くと親子連れでなかなかの盛況だ。

周りに小さな赤ちゃんなどがいないスペースを探して、ボールを投げっこしたりしながら楽しんだ。

光くんが思い切りボールを投げるかっこいい写真を菜乃あてに送信して、光くんが飽きるまで遊んでいたらあっという間に夕方になっていた。

さすがに光くんも疲れたのか、巡くんが「抱っこする?」と聞くと最初は「あるける」と言っていたけれど、途中からは抱っこされていた。

マンションに帰り、はじめて巡くんを部屋に上げた。

ワンルームなので物をあまり増やさないシンプルな生活をしているけれど、興味深そうに見られるとだんだん恥ずかしくなってくる。

「飲み物いれるので光くんと休憩して待っていてください。早速夕飯を作りますね」

「りかー、ゆうごはんなに?」

「ハンバーグだよ。なかにチーズが入ってるの。甘くバターで煮た人参と、塩茹《ゆ》でしたいんげんもあるよ」

人参のグラッセといんげんは昨夜のうちに仕込んであるので、ハンバーグとお味噌汁を作るだけだ。

お米を研いで早炊でセットして、大きなボウルに挽肉《ひきにく》とつなぎを入れて、ビニール手袋をして捏《こ》ねていく。

巡くんは光くんと、光くんの好きなアニメや恐竜の話をしているようだ。巡くんは自分のスマホで光くんの言う恐竜を調べて、画面を覗いては「これ!」「かっこいい」など感想をやり取りしている。

「じゅんくんは、すきなのある?」

「好きなのかぁ、一番好きなキャラクターはこれ」

「……なんだっけ、みたことある! ようちえんのせんせいのエプロンにあった」

「テリーヌっていう名前だよ。テリーヌは五匹のきょうだい犬がいて、世界中の飼い主のもとで暮らしてるんだ。時々きょうだい犬に会いにテリーヌは旅をする」

そんな細やかな設定があるなんて知らなかった……! 肉ダネにチーズを詰めながら、きょうだい犬の存在に驚くばかりだった。

「どうして、すきなの?」

光くんの問いに巡くんは少し考えてから、実はと話しはじめた。

「うち、旅行とか出かけたりするのがあんまりない家だったんだ。だから友達がどこかに行った話を聞いて子供の頃は羨ましかった。で、テリーヌは犬だけど、工夫しながら一匹で世界中どこでも行くのを知って、いつか俺もそうしてみたいなって思ったらどんどんテリーヌが気になって好きになった」

「せかい、いけた?」

「行けた！　飛行機に乗って、色んな国の空から降りる仕事に就けたよ」

すごいんだねぇ、と光くんが感心する。

偶然とはいえ、巡くんがテリーヌを好きになったきっかけが聞けて、私はとても嬉しくなった。

手や目は料理に集中させながら、耳はふたりの会話に興味津々だ。

そうしているうちに焼きあがったハンバーグをもりもりと盛り付けて運ぶと、光くんは「おおもりだ～」とゲラゲラ笑い転げた。

「うちのお兄ちゃんは、これぺろっと食べておかわりするんだよ」

「りか、おにいちゃんいるの？」

「ふたりいるよ。巡くんと一緒に大事なお仕事をしてるんだ。菜乃とも子供の頃に、皆で一緒に柔道してたんだよ。ご飯食べ終わったら写真探してみる」

それからハンバーグをおかずに、巡くんも光くんもたくさんご飯を食べてくれた。

目を輝かせて「おいしい」と巡くんが何回も言ってくれるたびに、ほっとして私も箸が進んだ。

光くんはご飯のあと、寂しくなってしまったようで私に抱きついて少し泣いた。たくさん遊んで疲れた反動で、菜乃と離れていることを思い出したようだ。

それから窓際から暗くなった外を眺めて、ママ、と一度だけ菜乃を呼んだ。

「肩車して、散歩に行こうか。秋の虫が鳴いてるのが聞こえるかもしれないし、一番星がよく見えるよ」

巡くんが優しく聞くと、光くんはごしごしと顔を手の甲で拭い、「いきたい」と言った。

気分転換の散歩をすると、光くんは気を取り直したようだった。

幼稚園で見つけた虫の名前をたくさん教えてくれて、小学生になったら家でカブトムシを飼うのだと話をしてくれた。

帰り際に目に入ったコンビニに寄ると、光くんは食玩コーナーを熱心に見入り、巡くんとあれこれ楽しそうに盛り上がる。私はその間にパンコーナーで新作をいくつかチェックできた。

マンションに帰ると、光くんは巡くんとお風呂に入りたいという。光くんは何度もうちに泊まりにきているので、巡くんにあれこれ物の場所を説明してくれるだろう。

ふたりはさっきコンビニで買った、溶かすとなかから小さなフィギュアが出てくるバスボールを手に意気揚々とお風呂へ向かう。

その間に私は洗い物を片付け、光くんのリュックから着替えを出して用意した。

光くんの怒涛の一日は、お風呂上がりにパジャマを着て私のベッドへふざけて飛び込んだことにより終了した。

「……あれっ、光くん、寝てる？」

私の声に確かめに立ち上がった巡くんは、光くんの顔を覗き込んで「寝てる……」と呟いた。

時刻は二十一時。あれだけ体を動かしたら、寝落ちするのもおかしくない。

私も確認をすると、静かに寝息を立てていた。

光くんは今日、私や巡くんにとても気を遣いわがままを言わなかった。

私や巡くんと一緒にいるために、たくさんの感情を複雑にコントロールしていたと思う。

五歳は、子供だけどなにもわからない赤ちゃんではない。

環境の変化や人の表情を読み取って、気だって張る。今日ははじめて会う巡くんもいて、緊張しただろう。

産みの母と別れたとき、ちょうど私はこのくらいだったのだろうか。

眠る顔はまだ十分に幼い。爪も手も小さくて、唇を尖らせて寝息を立てている。

自分はどんなだったろうか、思い出そうとすると惨めな記憶しか思い出せなくて。

私は記憶に蓋をして、もうぐっすり寝入った光くんをベッドへ入れて肩までしっかり掛け布団をかけた。

今日は巡くんの素敵な姿をたくさん見られた。

巡くんが光くんに接する姿を見て、もし将来巡くんが家庭を持ったら、それはとても幸せな家庭になるだろうとリアルに想像ができた。

私は子供を持つ自信がないことも、いつか話をしなければいけないと思う。

光くんの寝姿を写真に撮らせてもらい、菜乃に『光くんはぐっすり寝はじめたよ』とメッセージを添えて送った。


巡くんとふたりで、光くんの寝顔を眺める。

それからベッドサイドの小さな灯りだけをつけ、ベッドから離れてメインの電気を消した。これで光くんが眩しくて目を覚ますことはないだろう。

「巡くん。今日は光くんとたくさん遊んでくれてありがとう。私ひとりだけだと、あんな風に体を使った遊びは長い時間できなかったです」

私はスウェット姿でソファーに座る巡くんの隣に行き、小声でお礼を伝えた。

巡くんも光くんが起きないよう、声を抑えてくれる。

「ううん。役に立ちたかったのもあるけど、光くんの運動神経が良くて楽しかった」

「本当？　菜乃が聞いたら喜ぶと思います。なにか運動系の習い事に光くんを通わせたいって言ってたから」

「いまでもやっぱり水泳とかが定番？　俺も水泳してたよ、弟と一緒に通ってた。友達はサッカークラブに入ってるのが多かったかな。剣道とかもいたけど」

「私は柔道は？て聞いたんですが、光くんが興味ないみたいです」

ふたりして、いまはどんな習い事があるのか盛り上がる。少し冷えてきたので、エアコンの設定温度を上げて、熱いコーヒーをいれた。

テレビを小さな音量でつけると、夜のニュース番組がはじまっていた。

特集は、匿名での出産だった。

この内密出産は、妊娠した女性が病院にだけ自分の身分を明かして匿名で出産する仕組みだ。

母親の名前を記さずに匿名で出生届を提出し、妊娠に葛藤《かっとう》を抱える女性の孤立を防ぐことを目的としているそうだ。

母親のこと……私がこれからも巡くんと真剣におつき合いを続けるには、出自を打ち明けなければと思っていた。

一生会わないなら、話したくない。けれどあの人は栢木の母の妹で、これからもしかしたら顔を合わせなければならない機会があるかもしれない。

その万が一のためにも、産みの母のことは私からも巡くんに伝えておかなければいけない。

多分様子を見るに、巡くんは兄たちからなにかしらは聞いている。それでも構わないと思ってくれているんだろうか。

だとしても、これは私からきちんと伝えなければならないことだ。

「……私、本当は兄たちのいとこなんです」

ぽつりと話を切り出すと、巡くんは頷いた。

「利香ちゃんが好きだって、涼先輩や翔先輩に相談したときに少し聞いちゃったんだ。でも先輩は詳しくは利香ちゃんが自分から話をしたときに聞いてあげてって。黙っていてごめん」

巡くんが頭を下げるので、私はそれを慌ててやめさせた。

「謝らなくていいんです、きっと兄たちなら先になにかしら話してくれているだろうと思っていましたから。……ただ、自分から打ち明けるには……あまりいい話題ではないので私が避けてきてしまいました」

栢木の家族、そして親族しか知らない話だ。

何重にもおもしをつけた思い出で、できれば二度と浮いてこないで、そのままなかったことにしておきたいくらい。

「巡くんには知っていて欲しいんです。秘密にしておきたかったけど、巡くんが大切だから聞いておいて欲しくて」

そう言って、私は自分の幼い頃のことを思い出していた。

——一番古い記憶は、暗い押し入れに入れられていたものだ。

空っぽではない、なにかが乱雑に押し込まれていた。私はその隙間に座って、産みの母と誰かの楽しそうな会話を聞いていた記憶だ。

ご飯のいい匂いがしても、喉が渇いても、私はその誰かが部屋からいなくなるまでは、出てきてはいけなかった。

しばらくすると、その誰かは帰らなくなった。私は押し入れから出ることを許されたけれど、今度は自分の家なのに自由にできなくなっていた。

勝手に動くな、水を飲むな、不満な顔をするなと、ふたりからよく怒鳴られた。

だから私はいつも怒られないように、ふたりの顔色を注意して見ながら息を潜めていた。

薄く笑みを浮かべて、なんでも「はい」と答えていれば、刺さるような言葉を浴びせられる回数も少しは減る。

幼稚園はどうだったんだろう。一度も行ったことがなかったから、はじめから入園していなかったかもしれない。

だから私の世界のすべては、その部屋しかなかった。ここでの出来事だけが、私を形づくるすべてだ。

怒鳴られる私は世界で一番親を困らせる悪い子供だ。

どんなに謝っても、悪い子供は許されない。

その誰か、産みの母の彼氏は私の存在がそのうち更に目障りになったようで、母は私を今度は外へ出した。

すると、私を見る大人たちの哀れみの視線、声かけ、やってきた警官に、私の世界の歪みをまざまざと見せつけられた。

そうして少し経った頃。知らない大人が何人も部屋にドタドタとやってきて、そのうちのひとり、栢木の母が私を優しい手で抱きしめて泣いたのだ。

私は……自分がとても惨めな子供だと改めて知った。

そうしたら涙が止まらなくなって、けれど泣いたら叱られるので、必死に両腕で拭って笑ってみせた。

最後に産みの母は、私がいなくなってせいせいした。これで心置きなく再婚できると言った。

五歳の私は……産みの母になんて答えたんだろう。

いや、なにか言う前に、玄関から背中を押されて出されたんだ。私の手を握っていたせいで一緒に外に締め出された栢木の母は、ものすごく怒って内側からすぐに閉められたアパートのドアを蹴ったんだった。

優しくて穏やかで、心の広い栢木の母がだ。

それで、私の産みの母の思い出はおしまいだ。

「……そんな感じで五歳まで育ったせいで、卑屈さが染み付いてしまっています。子供を持つのも、自分が産みの母のようになってしまったらと思うと怖くなります」

こんな惨めな生育環境を好きな人に話すのは、心をごりごりに削られる。

巡くんが私に抱いているイメージがどんなものかわからないけれど、話を聞いてまた変わったんじゃないだろうか。

テレビでは天気予報がはじまった。

「将来、私は巡くんの子供を産んであげられないかもしれないです。だから、もし子供を望むなら、いつでも私と別れても……」

巡くんは……私の手を取ると、強く握った。

「……俺は、そのアパートのドアをぶち破ってやりたいよ」

真剣な目で、そう言ってくれた。

「……ふふ、簡単に壊れちゃいそうです」

笑った私に、「絶対壊す」と言う。

「俺は、利香ちゃんが大好きだから結婚したい。子供が欲しいから結婚したいっていう訳じゃない。俺のお嫁さんは、生涯で利香ちゃんだけだ」

「……私で、いいのかな」

握られた手は、今度は優しく包まれる。

「利香ちゃんは俺の運命の、ただひとりの女の子だよ」

そう言って、巡くんは私の手の甲にキスをした。

「利香ちゃん、思っていたことを話してくれてありがとう。俺がこれからそのつらかったぶんも、一生かけて愛情と信頼で埋めるよ。穴が埋まっても、やめない。山になってもずっと利香ちゃんだけに愛情を注ぐから」

優しく愛に溢れた言葉を贈られて私は、あの押し入れのなかの私に伝えてあげたくなった。

いつか、生まれてきて良かったって、はじめて思わせてくれる大事な人に出会えると。


翌朝、菜乃から『もう熱は下がってだいぶ良くなったよ』とメッセージが届いた。

午後に光くんを送っていくと、熱っぽさのなくなった菜乃の姿が見られた。

それから巡くんを駅まで送っていく途中で、店長さんから写真つきのメッセージが届いた。

『急ですが、年内に池上さんと入籍することが決まりました。村の皆に「婿さん」と呼ばれてありがたがられ、彼の自尊心はすっかり満たされたようです。自分の行いを振り返り、彼女ちゃんには申し訳なかったと反省しています。これから村を盛り立てるために、彼は退職をして村へ引っ越してくれることになりました。紹介してくれてありがとうございました』

添付された写真には、それはもう大豪邸と呼べる立派な日本家屋の前で腕を組んで笑う、店長さんと池上さんの姿が写っていた。

豪農とは言っていたけれど……多分これが、店長さんのご実家だろう。

「……店長さん、一体何者だったんでしょう」

「本当に、でも深く考えるのはやめよう。ほら、ふたりとも穏やかに笑ってる」

池上さんの目からギラギラしたものはすっかり消えて、写真だけ見たら幸せそうなひとりの男性の姿だ。

池上さんは店長さんに出会い、自分を見つめ直して……。視野を広げてくれた店長さんを、本当に好きになったのかもしれない。

そう思うくらい、優しげな顔をしている。

ふたりがいつまでも幸せだといいなと思いながら、自分から巡くんに手を伸ばして繋いだ。

六章

はじめて利香ちゃんの暮らすマンションに泊まりに行った日。

利香ちゃんがとても大切にしている親友菜乃さんの子供、光くんを預かっての賑やかな一泊二日になった。

かなり無理を言ってしまった自覚があったので、今回の泊まりは先延ばしになっても仕方がないと思っていた。

しかし泊まりに行けることになり、今回は預かった子供を一番に考えた行動をしようと決めた。

光くんは想像の何倍もいい子だった。俺が五歳の頃なんて、水溜まりには必ず飛び込み、虫を捕まえるたびに母に見せ、所構わずひっくり返っていた。

俺の弟は大人しかったけれど、男の子はそういったものだと思っていたから、あまりにもちゃんとしていて驚愕《きょうがく》した。

風呂では、はじめて泊まりにきた俺に色々教えてくれた。幼稚園でもわからないことがある子には、進んで教えてあげているという。

昼間に会ったときよりも緊張が解けているように見えて、風呂から出たら幼稚園の話をもっと聞いてみようと思ったのだけど。

光くんはワーッとベッドにダイブして、そのまま寝落ちしてしまった。

そのあと、利香ちゃんの口から栢木のお家に引き取られる前の話を聞いて、冷静な顔を作るのが本当に苦労した。

利香ちゃんの境遇は涼先輩たちからは聞いていたけど、そのときに想像した何倍も酷い……と言っていいんだろうか。そういったものだった。

一歩間違えば、利香ちゃんは死んでいたかもしれない。

五歳なんて赤ん坊にちょっと毛の生えた存在を、自分たちの都合で閉じ込めたり締め出したりと随分好き勝手にやってくれたなと怒りがわく。

きっと通報から児相案件になり引き取られたのだと思うけれど、最後にアパートのドアを蹴っとばした利香ちゃんの育てのお母さんには共感しかなかった。

その怒りをぐっと抑え込んだのは、正解かどうかはわからない。ただ怒りを表に出したとしても、受け取るのは利香ちゃんひとりしかあの場にはいなかった。

それに産みの母親に怒ることは、見捨てられないように頑張っていた利香ちゃんも否定するような気がした。

利香ちゃんは、その当時は少なくとも産みの母親を好きだったんだと思う。だから言うことを頑張って聞いていたのだと感じた。

話を聞く限り、俺の主観だけど、利香ちゃんの心を占めていたのは怒りではなかった。

それよりも惨めさ、寂しさだった。

増幅する怒りより、深く底の知れない喪失の穴。

俺はその穴を、愛情で埋めることにした。

利香ちゃんが引き取られた先、栢木の家で大事に育てられたのは俺でもわかる。

利香ちゃんは優しくて気遣い屋で、いつだって人間的にちゃんとしている。俺なんかにはもったいない女性だ。

栢木のご家族が愛情を注ぐところに、俺も混ぜてもらえたらと思う。

愛情でいっぱいにして、わがままを言っても俺は利香ちゃんを好きなのだと自信を持って欲しい。

たとえそれがどれくらいの時間がかかっても、俺は利香ちゃんが信じられないくらいに好きだから必ずやり遂げようと決めた。

十一月。宮城県にある王城寺原《おうじょうじはら》演習場で、ヘリボーン訓練があった。

三つの町や村にまたがる、東日本でも大規模な演習場だ。

深い森林もあれば、実弾射撃訓練を行うような大きく開けた場所もある。

今回のヘリボーン訓練では隊員はパラシュート降下ではなく、大型の輸送ヘリコプターで輸送される。ヘリコプターが部隊を乗せて空輸するのだ。

地上へ着地したヘリコプターの後方のハッチが大きく開き、そこから完全武装した部隊が一気に降りていく仕組みだ。

ヘリコプターは航空機と違い垂直に離着陸、空中で静止できるので、特徴を活かし山岳部などにも潜入できるのが利点だ。

小回りが利き、滑走に使う平坦で長い路がなくとも運用ができる優れもので、輸送機と共に活躍している。

空挺団では、陸上自衛隊随一の輸送力を誇る輸送ヘリコプターを使用している。武装した隊員なら二十人ほど、物は機内にも収容できるが、吊り下げ輸送もできる。

吊り下げ輸送で車も追撃砲もぶら下げてきてくれる、心強い奴だ。

俺は輸送機のクジラも、ヘリコプターの暴れん坊も好きだ。

つくづく思うのは、有事の際にはいかに一秒でも早く現場に駆けつけ、制圧ができるかだ。

とにかく人員も火器も次々に投入する。俺が第一空挺団を知ったときに面白いと興味を持ったのは、人も車両もバイクも物資も火器や燃料までも、輸送機やヘリコプターを使い投入するところだった。

空挺団も、自由降下というフリー降下がある。皆でまとまっていく一斉降下とは違い、自由降下は隠密性が高いものだ。

とはいえ、俺たちはやみくもに目的地に向かって空に飛び込んでいる訳ではない。本隊が安全に降下できるよう、先行して自由降下した降下誘導小隊がパラグライダーのような傘を使い、隠密裏に安全性の高いポイントを確保して航空機を地上から誘導してくれる。

この小隊がいるから安全に降下できるし、命を預けるパラシュートを整備する落下傘整備中隊のおかげで不安を抱えなくて済む。

空挺団が降りるポイントも地上だけでなく、海上の場合もある。そのために脇の下にはライフジャケットの装備もしているのだ。

地上へ降りれば素早く隠密に行動し小銃を手に、または格闘術で相手を制圧する。五人の要員を必要な、大火力を誇る追撃砲も使った訓練も怠らない。

どこへでも、どんな場面でも対応を求められる俺たちは、一年中日本や海外問わずあちこちで訓練に余念がないのだ。

空を移動するヘリコプターのなか、エンジン音と羽が空気を切り裂く音に身を任せる。

俺はこの、雑念を吹き飛ばすような音が好きだ。キーンという高音を聞くと、だんだんと心が訓練に集中していく。

斜め前に座る完全武装した翔先輩は、ひたすら綺麗に剃られた自分の顎を触りながら虚空を見ていた。

虚空を見つめるのは涼先輩と同じで、これを見るとふたりは似ていて兄弟なんだなと思う。

でもあまり見ていると気づいたときに睨まれるから、俺は目を閉じる。

集中、集中、集中。そう三回自分に言い聞かせて、着陸に備えて拳を握った。

宮城県から習志野に帰ってきてから、俺は久しぶりに自分の母親に連絡を取った。

信頼する先輩から妹さんを紹介されて付き合いはじめたこと、結婚を前提にしていることを伝えた。

『あんたにはいつもビックリさせられるけど、今回は特大だったわ。結婚かぁー、あんなに手が掛かった巡がねぇ。おめでとう！』

手を掛けさせてしまった自覚はあるので、ぐうの音も出ない。

「……その彼女なんだけど、出自が少し複雑なんだ。けど、ものすごくいい子だよ」

『お母さん、そういうの全然気にしないわよ。わかってるでしょ？』

「うん。母さんならそう言うと思って話した」

母さんのことわかってるわねと、母親は明るく笑う。この明るさには、俺と弟は救われたことが多い。

『その彼女と、元気な顔を見せにきなさいよ。ご飯作って待ってるから。ついでにあんたが送ってくる段ボールも、ちょっとは片付けてちょうだい』

それも、そろそろ一度帰らなきゃと思っていた理由だ。実家は隣県だから電車で少しかかるけど、これを機に利香ちゃんを母親に紹介しようと考えた。

「わかった。都合を聞いてみて、また連絡する。……あっ、そうだ。彼女のお兄さんたちが、俺が彼女に母さんのコロッケを食べさせたいって話したら、おれ達も食べたいって言ってた」

『お兄さん……たち!?　いいわよ、大歓迎。一升でご飯間に合うかしらね？』

「一升あれば間に合う……多分」

『巡の多分はあてにならないのよねぇ、ご飯足りるかしら』

そのあとは体調など聞かれ、元気だと答え通話を終えた。

「俺の実家に行こうって利香ちゃんを誘ったら、困るかな」

聞いてみなきゃわからないが、それは明日にしよう。隊服のアイロンかけと、それから靴を磨くために部屋に戻った。

翌日夜、これからの訓練や演習の日程を頭に浮かべながら実家に行く予定日を考えた。

訓練や演習は内容や行先が言えるもの、言えないものがある。利香ちゃんにはそういうものを知っていると思いながらも、突然連絡が取れなくなっても心配しないようにと伝えてある。

その日程の隙間。週末をいくつかより抜き、ひとつ選んでメッセージを送ることにした。

利香ちゃんが負担にならない文面を考えて、スマホに打ち込む。

『月末の土曜日、もし良かったら一緒に俺の実家に遊びに行かない？　母親に利香ちゃんの話をしたら、おめでとうって喜んでくれてた。ただ隣県で電車で片道一時間くらいかかるから、用事があったら気軽に断って。また今度一緒に行こう』

これで大丈夫だろうか。送信したあと、寝そべったテリーヌのスタンプも押す。

少しすると既読がつき、行ってみたいという旨のメッセージが送られてきた。

「やった！　あ、そうだ」

俺はちょっと悩んで考えて、思い切ってこんなメッセージを更に送る。

『その土曜日、改めて泊まりにいってもいい？　また利香ちゃんとお喋りしたい。夜にカフェに行くのもいいね』

飲みに、とも打ちたかったけど、これはまた今度だ。あの利香ちゃんのマンション近くにある雰囲気の良かったカフェで、今度はゆっくりカフェラテが飲めたらと。

ほんの少しだけ下心もあるけれど、焦らずじっくりだ。

緊張しながらスマホをひっくり返し、テリーヌの可愛いステッカーを眺めながら利香ちゃんからの返信を待つ。

すると少しして、『楽しみにしています』と返信があった。

「……しゃっ！」

なんて声が出てしまい、他の隊員たちからニヤニヤと見られてしまった。

利根川《とね》を渡ると、そこは茨城だった。

千葉と茨城の県境、習志野から電車に乗って約一時間。そこが俺の地元だ。

十一月の末、世間はすっかりクリスマスムードに包まれた。待ち合わせした駅前から、電車のなかまでクリスマスのイルミネーションイベントやプレゼントの広告に溢れている。

いつもならなんにも気にしなかったけれど、今年は違う。どの広告やディスプレイも気になるし、利香ちゃんにはなにをあげたら喜ぶだろうと考えていた。

指輪、冬の小物、とにかく喜ぶものをプレゼントしたい。利香ちゃんの顔を思い浮かべては、なにをあげようか悩む。

スマホは『クリスマスプレゼント　彼女』『クリスマスプレゼント　女性が喜ぶ二十代』『クリスマスプレゼント　女性　人気』などの履歴で埋められていく。

ただ悲しいかな、クリスマス当日はド平日だった。

いくら恋人がいようと、門限を破れば連帯責任になるし、平日に外泊なんてできる訳がない。

もちろんクリスマス当日は約束ができれば、課業が終わったら隊舎を飛び出し、利香ちゃんに会い、門限までに必ず帰ってこようと計画を立てている。

あまり外泊ばかりもできないので、ゆっくりできるのは今晩だと思い、クリスマスプレゼントを悩み尽くして用意してきた。

そんなこととはつゆ知らず、利香ちゃんは今日も完璧に可愛かった。ブラウンのロングコートにセーター、タイトなロングスカートから覗くキャラメル色のブーツがキュートだ。

わざわざ母親に手土産を用意して、今日に備えてくれたという。もういますぐ結婚したい。

それから、電車のなかである手紙を渡してくれた。

「巡くんが好きだからって、タブレットでテリーヌの画像を出してもらって、それを見ながら描いていたって菜乃が言ってました」

それは、光くんから俺あての手紙だった。

わざわざ買ってくれたんだろうか、テリーヌの便箋に、光くんが描いてくれた色鉛筆でのテリーヌの絵。そこに『またあそぼうね』と添えられている。

「すごっ……、えっ、嬉し過ぎる！」

「嬉しいですよね！　あのあと、元気になった菜乃と光くんでこの手紙を渡しにきてくれたんですよ」

俺の隣に座って、便箋を広げる。光くんの描いたテリーヌを「上手ですね」と指さす利香ちゃんからいい匂いがする。

光くんの手紙は嬉しいし、利香ちゃんをまた好きになっちゃうし、俺は車窓から差し込む陽に当てられて幸せで胸がぎゅっとなった。

駅からはバスを使い、やっと実家の団地に着いた。

両親が離婚して、幼い子供ふたりを抱えて母親が一から生活をはじめた場所。子供ふたりが巣立ち、いまは母親がひとりで元気に暮らしている。

利香ちゃんを見て、母親が一番先に口にしたのは「巡にはもったいないくらい可愛い！」だった。めっちゃわかる。

母親に利香ちゃんは丁寧に自己紹介をして、手土産を渡してくれた。母親は「あらあらあら」と感激している。

「巡がうちに彼女を連れてくるなんて、はじめてなの。だからわたしも緊張しちゃったけど、利香ちゃんがいい娘さんで安心しちゃった」

「そう言ってもらえて、ありがたいです」

感じの良い利香ちゃんに、母親のテンションが上がっていくのがわかった。

団地特有のコンパクトな玄関、母親がひとりになってだいぶ荷物を整理したので室内は意外と広い。

母親は利香ちゃんをすぐさま暖かなリビングに案内して、明るい色の厚い座布団に座らせた。ちなみに俺にはいつもの使い慣れた薄い座布団だった。

前にきたときは厚い座布団はなかったから、今日のために新調したようだ。近所の量販店で母親が座布団を吟味する姿がすぐ想像できて、なんだかちょっと泣きそうになった。

母親はキッチンでいそいそとお茶の準備をはじめると、冷蔵庫からケーキを出してきた。

「ほら、巡！　利香ちゃんにお茶を先に運んでっ」

「あのっ、私手伝います」

「いいのよ、座ってゆっくりして。横になってもいいから、お姫様みたいにしてて！　巡っ」

「利香ちゃんはゆっくりしてて。うちの母親、利香ちゃんに会えて嬉しいみたい」

立ち上がりながら細い肩をぽんと叩くと、利香ちゃんは嬉しそうにはにかんだ。

それから利香ちゃんと母親は、まるで以前から知り合いのように話が弾んだ。

ここで気づいたのは、母親は利香ちゃんの仕草や会話の間をよく観察しているということだ。

微妙なラインを引いたり押したりしながら、利香ちゃんがいま話しやすい話題を絞っているようだ。

母親から俺の子供の頃の話を一切しないのは、そうしたら利香ちゃんも自分の話をしなきゃいけない空気になるからだろう。

栢木のご両親の話題も出さず、本当にいまの利香ちゃんの話題ばかりで会話を楽しく回している。

昔から母親は友達が多いけれど、観察力があり話上手なのも理由だと理解した。

偕楽園《かいらくえん》の梅が咲いたら見に行こう、花火大会が夏にあるから泊まりにおいでと誘っている。

母親は利香ちゃんに「おかあさん」と恥ずかしそうに呼ばれ、「あーっ、もっと呼んで」なんて明るくねだっている。

「今日は用意できなかったけど、次はコロッケを用意するわね。巡によくねだられて、帰ってきたときなんかに山ほど作るのよ」

「そうだった。先輩たちも、連れてくる約束をしてるんだ」

「ねえ、ご飯は一升炊けば間に合うかしらね？　足りないかしら？」

ひたすら米の心配をする母親に、利香ちゃんは笑う。

「もし兄たちもご招待いただけるなら、実家からお米と大きな炊飯器を持参させます」

「あはは！　やっぱりご実家にも一升炊きの炊飯器があるのね。うちも巡が中学生に上がったときに一升炊きに買い替えたのよ」

今日は利香ちゃんが母親に会ってくれて良かったと思っているときだった。

利香ちゃんのスマホが鳴り出したのだ。

バッグから取り出したスマホを見て、利香ちゃんは「知らない番号だ」と呟く。

ごめんなさい、と言って通話ボタンを押し、スマホを耳に当てた。

「もしもし？」

なにか微かに女性の声がして、利香ちゃんはすぐに顔を真っ青にした。

「ぉ……お母さん？　なんで私の番号を知ってるの……？」

ガタガタ震えだした拍子になにかボタンを押したのか、通話がスピーカーに切り替わる。

『わたしは利香の産みの母親なんだから、知る権利はあるでしょう？　あんた、ひとり暮らししてるんだって？　そんな金があるなら仕送りのひとつくらいしなさいよ、お母さん大変なんだから』

『親孝行しないと不幸になるよ』なんて一方的に捲し立てる。

『ねぇ、聞いてんの？　あんた、昔のことを根に持ってる訳じゃないでしょうね。なにか言いなさいよ！』

利香ちゃんは完全にパニックになって、スマホを耳から離せない。俺がそのスマホを利香ちゃんの手からゆっくり取り、電話を代わろうとした瞬間だった。

「わたしが話すわ」

ゾッとするほどの、冷たい母親の声。

「母さん？」

俺の手からスマホをひょいっと取ると、お茶をひと口飲む。俺は顔を覆う利香ちゃんに、大丈夫だよと声をかけながら肩を抱いた。

「もしもし、お電話代わりました。利香ちゃんとおつき合いさせてもらってる、廣永巡の母親です」

スピーカーの向こうで、『……え？』と戸惑う声が聞こえた。

「今日はですね。利香ちゃんがはじめてうちに遊びにきてくれたんですよ。とっても素敵なお嬢さんで、嬉しくなっちゃいました」

『……いいから、利香に代わってください』

「子供たちの歳も近いし、案外わたしたち、歳が近いのかもしれませんね。最近は加齢で忘れっぽくなってないですか？」

スピーカーの向こうは黙ってしまう。

「子供を傷つけたことまですっかり忘れて自分本位になってしまうの、困りますね～。恥ずかしいったらありゃしない。いつも子供に叱られるんですよ」

「あくまで、わたしの話ですよ？」と煽《あお》る。

こんなに怒りを滲ませた母親は、久しぶりに見た。

スピーカーの向こう、利香ちゃんの産みの母親は完全に黙ってしまった。

俺は母親からスマホを受け取るとき、利香ちゃんを守れというような、強い意志のこもった視線を母親から受けた。

俺は、わかっていると頷く。

そうして深呼吸をひとつして、沈黙する利香ちゃんの産みの母親に話しかけた。

「……利香ちゃんと結婚を前提におつき合いさせてもらっています、廣永です。利香ちゃんは俺が一生をかけて幸せにしますので、あなたに親孝行しなくても不幸にはなりません。どんな酷い言葉で脅したり同情を誘っても無駄です。もう金輪際利香ちゃんに連絡などはしないでください」

まだまだ言いたいことは山ほどあるが、生物学上は利香ちゃんの産みの母親だ。わずかでも利香ちゃんを傷つけないよう、言葉を選んだつもりだ。

そのまま通話を切ろうとすると、利香ちゃんが「最後に、言いたいことを言います」とスマホを掴んだ。

その瞳からは、気弱な感じは消えていた。

まるで火が灯るような、はっきりとした意志を感じさせていた。

利香ちゃんはスマホの画面を見つめて、それからゆっくりと耳に当てた。

「……もしもし、お母さん？　私、ずっとお母さんのこと、怖かったけど嫌いになれなかった。産んでくれたお母さんだからかな……？　だけどもう、栢木のお母さんも、家族も、巡くんもそのおかあさんもいるから……さようなら、私の知らないところで元気にしていてね」

沈黙を貫く産みの母親に利香ちゃんはそう言い切って、通話終了ボタンを押した。

スマホが手からすり抜けて落ちる。

同時に利香ちゃんは大きな瞳に涙を溢れさせて、わんわん泣く。

「頑張ったね、利香ちゃん」

「じゅんくんもっ……おかあさんも……ありがとうございます……」

「あらあら、このままじゃ利香ちゃんが泣き過ぎて干からびちゃうから、お母さんちょっと飲み物買ってくるから。巡っ、あんたわかってるでしょ」

利香ちゃんの見えない角度から、「抱きしめろ！」とジェスチャーする。

俺は親指を立てて返し、母親が財布を掴んで飛び出していくのを見届けた。

「もう大丈夫だからね、よく頑張って言えたね」

そうっと泣きじゃくる利香ちゃんを抱きしめると、利香ちゃんはずっと溜め込んでいた悲しい気持ちを涙で溶かすように、俺の胸でたくさん涙を流した。


すっかり夜になる頃、ふたりで利香ちゃんのマンションに帰ってきた。

ある程度泣いた利香ちゃんは真っ赤な目になってしまったが、いままで見たことのない晴れやかな表情を浮かべていた。

ソファーに座らせてもらい、ひと息つこうとしたら利香ちゃんが抱きついてきた。

すぐに抱きしめ返してもいいのかわからなくて、両手がその背中で彷徨《さまよ》う。

「巡くん、好き」

それを聞いて、一気にボボボッと体温が上がる。急にどうした、利香ちゃん！

「好き、すき」

「り、利香ちゃんっ」

ソファーはふたり分の体重を受けて、ギシッと鳴る。置き場に困り浮いていた両腕を利香ちゃんの背中にそっと回すと、首元に額を擦り付けてきた。

あ――ッ、そんな風に無防備にくっついてきたら、いくら俺だって……！

ごくり、と喉が鳴ってしまう。利香ちゃんが密着するほどに、いい匂いがして堪らなくなる。

我慢だ、我慢。今日は利香ちゃんに色々あったから、きっと寂しくなちゃってるんだ。こういうときこそ、利香ちゃんを一番に考えられる男にならなくてはいけないんだ。

利香ちゃんは、完全に俺に身を任せきって体重を預けてくる。

「……巡くんが、私の産みのお母さんがあんな感じでも、私を幸せにするって言ってくれたの、嬉しかったんです」

「するよ、約束する。一生かけて幸せにするって」

人生をかけての約束だ。いつか年をとって俺が先に逝くとき、利香ちゃんに「幸せだった」と言ってもらうのが目標だ。

「私、それで、巡くんは私がこんな風でも、好きでいてくれるんだってわかったんです。心配や嫉妬はしちゃうかもだけど、巡くんは私のことを好きだって自信を持っていいんだって……」

——そうしたら、もっと巡くんが好きになっちゃいました。

利香ちゃんは俺に抱きついたまま、そう甘く蕩《とろ》けるように囁いた。

「……っ、大好き」

更にそう言われ、体中の熱が上がる。

「我慢できなくなるから……っ」

本当にやばい。理性が本能と拮抗《きっこう》して、あとちょっとなにか起こったら、これ以上手を出さないでいられる自信がない。

頭のてっぺんまで利香ちゃんからの愛にひたひたに浸されて、心臓がきゅーんと切なく悲鳴を上げる。

すぐ近くに利香ちゃんの唇があって、まるでねだるように瞳を閉じている。

こらはもう、利香ちゃんが好きだと言ってくれる俺として、応えたい。

俺は生まれたての子猫にするように、そうっとその唇に慎重に口づけた。

「……んっ」

利香ちゃんから漏れた甘い声。肩をぴくっと揺らして反応している。

唇は柔らかくてふにふにで、俺は一瞬で夢中になった。唇を離してもすぐ、また猛烈にしたくなる。

「……もう一回、キスしたい」

理性は利香ちゃんを傷つけないために、ギリギリ残っている。

本能はもう、利香ちゃんに首根っこを掴まれてなすがままだ。利香ちゃんのさじ加減ひとつで、拮抗していた理性と本能が手を取り合う未来が見える。

降参だ。全面降伏だ。

もう、めっちゃ好き。

へへ、と潤んだ利香ちゃんの瞳が細められた。

「私も、巡くんとしたいです」

赤くなった目元を親指の腹でできるだけ優しく擦ると、利香ちゃんはくすぐったそうに肩をすくめて笑った。

白い頬、目元に軽くキスすると、安心したように目を閉じて受け入れてくれる。

利香ちゃんから緊張や不安が消えて、俺の好意を百パーセント信じて疑わず受け入れてくれる雰囲気に変わっていた。

それが、とてつもなく嬉しい。

「利香ちゃん」

名前を呼ぶと、閉じていた目を薄く開いて微笑む。

その表情から利香ちゃんも俺をとても好きなのだと感じ取って、じーんと心が感激で震えた。

何度もキスを交わして、しばらくふたりで夢心地でいる。時間の神様がいるなら、今晩は三日分の夜が欲しいですお願いします、なんて考えていると自分の用意したプレゼントを思い出した。

俺の胸に頭も体も預け、ぴったりとくっついてくれている利香ちゃんの髪を指先で梳《す》く。

「実は今日、かなり早いんだけど利香ちゃんにクリスマスプレゼントを用意してあるんだ」

「クリスマスプレゼント……？」

顔を上げた利香ちゃんのおでこにキスをして、それから側に置いてあった自分のボディバッグに手を伸ばす。

指先はすぐに、小さな箱を探り当てた。

「クリスマス当日は平日だし、ゆっくり渡せるのは今日かなって思って用意したんだ。

気に入ってもらえるかわからないけど、受け取ってください」

美しい包装紙に丁寧に包まれた箱を渡すと、利香ちゃんはわぁっと目を輝かせた。

「びっくりしました……ありがとうございます！　嬉しい、開けてもいいですか？」

「うん、開けてみて」

慎重に包装紙を解いて、ベルベットの赤い箱をそうっと開いて……利香ちゃんはすぐに閉めた。

「じゅ、じゅ、巡くん……っ！」

「……あんまり好きなデザインじゃなかった？」

「これ、これって、有名なブランドのですよね!?」

「探しているうちに、利香ちゃんに似合うのがこれだったんだ。シンプルだけど主張もちゃんとあって、なにより似合うと思ったから」

赤い箱を再び開けた利香ちゃんは、キラキラ光る一粒ダイヤモンドのネックレスに見入っている。

ピンクゴールドのチェーンは利香ちゃんの白い肌に映え、一粒ダイヤモンドはまるで利香ちゃんみたいに輝いていると思ったのが選んだ理由だ。

長く使って欲しいから、いいものをあげたかった。

「素敵です、すごく……！　大切に使います、ありがとうございます！」

「良かったぁ、緊張してドキドキした」

ほっと気が抜けて、笑いが込み上げてくる。

「ちゃんとしたプレゼントを女性に贈るのがはじめてで、その相手が大好きな利香ちゃんだから真剣に探しまくった。喜んでくれて良かった」

色んな角度に箱を傾けて、本当に大事そうに眺める様子に心が満たされていく。

「テリーヌのグッズを貰ったときと同じくらい、嬉しいです！　このネックレス、一番はじめは巡くんから私につけて欲しいです」

そう言って利香ちゃんは背中を向けて、長い髪をサイドに流して白い首の後ろを晒した。

ネックレスが入った箱を受け取って、そうっと取り出していく。ちょっとでも力加減を間違えたらちぎれてしまいそうな細いチェーンを、そろりと持ち上げる。

留め具を外して、利香ちゃんの細い首にネックレスを回して……後ろで留める。

しゃら、とチェーンが肌に触れて、馴染《なじ》む光景に嬉しくなった。

「……利香ちゃんのお守りになりますように」

留めた箇所に、ちゅっと祈りを込めてキスを贈る。

微笑みながら振り返った利香ちゃんに、輝くダイヤモンドがよく似合っていた。

エピローグ

巡くんのご実家にお邪魔した際、産みの母から約二十年振りに連絡があったことを実家に帰り報告した。

以前の私だったら産みの母の迫力に押し負けて、実家に相談もできず密かにお金を送りはじめてしまったかもしれない。

栢木の両親に報告なんて、とてもではないが絶対にできなかった。

『親孝行しないと不幸になる』と産みの母は私に言った。

落ち着いていれば動揺なんてしないでいられるのに、私はあの瞬間に頭が真っ白になってしまった。

幼い頃の私にとって、産みの母は世界で唯一すがれる存在だった。

厳しい言葉を浴びせられても、酷い目に遭っても、母の濃い香水の香りやほんのたまに触れられた体温は、私の世界では絶対的なものだった。

その母が、私に不幸になると言う。

しばらく蓋をし続けた重い気持ちが頭を真っ白にしたとき、すぐに助けてくれたのは巡くんとおかあさんだ。

産みの母から嫌なことを言われるかもしれないのに、ふたりは情けなく動けなくなった私を守ってくれた。

私はそのとき……あの幼かった日々の出来事が、自分から遠く切り離されていくのを感じた。

誰にも知られたくない思い出を巡くんに打ち明け、多分巡くんもおかあさんに話していたことで重みが減っていた。

そうして巡くんが『不幸にはなりません』とはっきり言い切ってくれて、私は産みの母親とはもう繋がらなくていい人間になれるのだとわかった。

いつまでも後生大事に、酷い日々の思い出を抱えていたのは私だ。産みの母はとっくにそんなことは過去として割り切っていたのに。

でももう、思い出は遠くにやってしまってもいいんだ。

いまの私なら押し入れに閉じ込められたって無理やりでもこじ開けられる。暴言を吐かれたら言い返し、怒った顔をしてもいい。

栢木の母のように、玄関を蹴っとばす気概もいまならある。

その自信をくれたのは、巡くんだ。

栢木の家族、そして自分でも埋めきれなかった部分を、最後に巡くんがしっかりと埋めてくれた。

私はそのことで、改めて栢木の家族に感謝をすることができた。

あの日あったこと。産みの母からの突然の電話と、その内容をすべて話すと、栢木の母はものすごく怒った。

そうしてその場で、母は自分のスマホを手にすると一体誰が私の連絡先を産みの母に教えたのか、電話をかけ探りはじめたのだ。

いまでも産みの母の連絡先を知っていて、尚且つ私の連絡先も知っている人なんて限られている。

父は「大丈夫だったか?」とかなり心配してくれた。

「うん。びっくりして頭が真っ白になったんだけど、巡くんと、巡くんのおかあさんが電話に代わってくれて対応してくれたんだ」

「……そうか、今度改めてきちんとお礼しなくちゃだな」

「私もそうするつもり。巡くんのおかあさんなんて、本当に話し方が上手くて……ぐさっと刺さるようなこともさらりと言って向こうを黙らせちゃってた。巡くんも私を守ってくれたんだ」

自然にネックレスに触れ、改めてそう感じる。

「廣永くんは利香のことを本当に好きで守ってくれてるんだな。うちに身上書を持ってきたときには驚いたけど……利香が彼と出会えて良かった」

うっすら目を潤ませる父に、私も目頭が熱くなる。

「ふふ、私もお兄ちゃんたちから巡くんのことを聞いたときには、お父さんと同じだったよ。びっくりして私なんかにどうして、て思ったけど……巡くんを信じて良かったって思う」

父は私の言葉に、うん、と小さく頷いた。

一方母はリビングの端で通話を続け、ついに該当者を見つけたらしい。

「なんで連絡先教えちゃったの！　え？　関係改善なんてしてないわよ、雲隠れされて二十年も連絡取れてないんだから……うん……お金送れって言われたんですって。ね、全然変わってないのよ。うん、利香に伝えておく、はい、じゃあ」

母は通話を切ったあと、父の隣にどすんと座った。

「……利香の連絡先を教えたの、叔父さんだった。コロッと騙されたみたいで、良かれと思ったって……良くないわよ！　ああ～、本当にもう……！」

穏やかな母が、ここまで怒るのを見たのはアパートのドアを蹴ったあの日以来だ。

「お母さん、ありがとう。でももう大丈夫だよ」

「大丈夫じゃないわよ、今更連絡してきて利香の心を掻き乱して……っ」

母には母の、どうにもならない感情があるんだろう。姉妹だから余計だと思う。きっとこうやって昔から、自分勝手な産みの母の尻拭いをさせられてきたんだ。私のことだって、そうだ。

愛情が深いぶん、すでに兄たちがいたのにもかかわらず、引き取ってくれた。

「利香、番号変えるなら費用はお母さんが出すからね。あと廣永さんにもお礼したいから、都合あわせてご飯でも食べにいらっしゃい」

「うん。ありがとう、巡くんにすぐ伝えるね」

そうして母が少しずつ落ち着いてから、一緒に夕飯を作った。

帰りには何度も、産みの母の言葉なんて忘れてしまいなさいと念押しをしてくれた。

私の着信履歴から産みの母の番号を知った母は、私が帰ってから即行で電話をかけたらしい。二十年ぶりの姉妹の会話だ。

それはもうキレ散らかし、電話の向こうで産みの母は泣いてた様子だったという。

母は二度と私や親族に連絡なんてするなとかなり念を押し、ついには絶縁宣言をしたとあとになって父から聞いた。

今季は暖冬だなんて聞いていたけど、体感ではいつも通り寒い冬になった。

春にしまったストールや手袋を出し、コートにブラシをかけた。

クリスマス当日には私が巡くんに会いに行き、男性が好むブランドのお財布をプレゼントした。かなり悩み菜乃に相談もして決めたものだ。

巡くんはとても喜んでくれて、「一生大事にする！」と宣言してくれた。

月に一、二度は泊まりにきてくれて、ゆっくりと関係を深めている。巡くんはとても早起きなので、無防備な寝顔を見られてしまうのが悩みのたねだ。

年が明けた一月には『降下訓練始め』という催しがある。今年は行ってみたいと思っていたのに、なんと私がインフルエンザになってしまい巡くんにうつす訳にはいかず、一月は念には念を入れあまり会えないでいた。

二月、三月と凄《すさ》まじいスピードで日々が過ぎていく。その間、巡くんは雪の多い地方で演習があったり、連絡が取れない週もあった。

やっとゆっくり会えた三月末。

新たなテリーヌのコラボカフェがはじまると知り、都内まで足を運んだ。予約抽選に当選していたので、決められた時間に行き待たされることなく席に案内された。

今回はお料理やドリンクを頼むとランダムでコースター、そして特別なメニューだけにクリアファイルがついてくる。

もちろん、今回も楽しく食べてコンプリートを目指すつもりだ。

今回のコラボカフェはタブレットでの一回だけの注文になるので、悩むことなくカートに入れていく。

巡くんはたくさん食べる、そして甘いものも好きなので心配ない。私も実は後ろがゴムになっていて伸びるスカートで参戦だ。

まず運ばれてきた青いソーダのフロート、バニラアイスにはテリーヌがプリントされたホワイトチョコが刺された飲み物が届く。

頭にサクランボをのせたテリーヌに、巡くんの写真を撮る手が止まらない。

「来週駐屯地内で桜まつりが開催されるんだけど、良かったら来てみない？」

スマホを一旦置き、巡くんが私に聞いてきた。

「桜まつり、お兄ちゃんから聞いたことがあります。グラウンドの桜が綺麗だよって」

「そうなんだよ、いまちょうど咲きはじめたところ。来週には満開になりそうなんだ。桜まつりは夏まつりよりは落ち着いていて、小さい子供連れとか花見がてらにくる感じをイメージしてもらえるといいかも」

グラウンドに咲く桜の下にビニールシートを敷いて、のんびり楽しめる催しだという。

「夏まつりみたいにごった返さないんだけど、どうだろう？　光くんや菜乃さんも誘ってさ。桜が綺麗だし出店もきてる。それに普段、働いてる姿って利香ちゃんに見せられないから」

「そうだ、行ったら巡くんの制服姿とかも見られるんだ！」

「ヘリからの降下もあるよ」

巡くんがにこっと笑う。

次々に運ばれてくるテリーヌのコラボカフェ料理の写真を撮り、舌鼓《したつづみ》をうちながら考える。

「私、行ってみたいです。菜乃にも連絡を取ってみますね」

夏まつりは巡くんを囲む女の子たちを勝手に想像して行けなかったけど、いまの私は少し違う。きっと大丈夫。

生クリームがたっぷり添えられたシフォンケーキを頬張りながら、帰ったら早速菜乃を誘ってみようと頭のなかで計画を立てた。

私と菜乃、そして光くんとやってきた習志野駐屯地の『桜まつり』。

巡くんから聞いていた通り、家族連れが多くのんびりと駐屯地に向かって駅から歩いていた。

ここから、十五分ほど歩くと駐屯地に到着する。

光くんは巡くんに会えるのをとても楽しみにしていて、朝から早起きしていたらしい。

「わたし、駐屯地の催し物ってはじめてきたよ。夏まつりがあるのは知ってたけど、春にもお祭りがあるんだね」

「駐屯地の創設周年と、空挺団の創立周年記念を兼ねてるみたい。私も調べて知ったよ」

咲きはじめた春の花の香りが風に乗って、早足で歩く光くんの前髪を跳ねあげる。

「じゅんくん、じゅんくん」

一歩踏み出すたびに巡くんの名前を呼んで、たまにぴょんぴょんジャンプしている。

てくてくと人の流れに乗って歩いていると、創立記念の白い幕が掛けられた駐屯地の入口が見えてきた。迷彩柄の戦闘服を着た隊員さんが、何人も立って誘導してくれている。

「なんか普段入れない場所だから、不思議な感じがするね」

「私も。来るのははじめてじゃないけど、なんか緊張しちゃうよ」

並んだカラーコーンの先では持ち物検査があり、並びながら順番を待って荷物を見てもらった。

それが済むと、いよいよだ。舗装された道路の両側には見上げるほど高くしげる松の木が並び、建物がいくつも見えてくる。

自衛隊が使う車両などがずらりと並び、皆珍しそうに足を止めて、写真を撮っている。

「光くんも写真撮る？」

「撮る撮る。旦那が動画も撮って送ってくれって言うんだよ。かっこいいもんね」

菜乃は光くんを車両の前に立たせ、ピースする姿をスマホで撮影する。「ふたりで並びなよ」と声をかけて、私のスマホでツーショットを撮った。

道路の端では、音楽隊が練習をはじめていた。その向こうにたくさんの隊員が集まっている。

「じゅんくん～！」

光くんが叫ぶと、振り向いたのはなぜか涼兄ちゃんだ。

「あっ、涼くんだ！　久しぶりに顔見た」

菜乃と涼兄ちゃんは小学生の頃からの知り合いだ。菜乃は光くんを抱き上げ、遠くにいる涼兄ちゃんに見せている。

涼兄ちゃんは笑顔を返している。

「じゅんくんじゃないよ、あのひと」

「あれは利香のお兄ちゃんだよ。じゃあ翔くんもどこかにいるのかな？」

「翔兄ちゃんて、目立ちそうで気配消すの上手いからなー、どこかにはいると思うんだけど」

涼兄ちゃんの周りの隊員たちが、私たちの方を見ている。なかには私が妹だと知っている人もいるかもなので、ぺこりと頭を下げた。

巡くんは……と目で捜していると、ひょこっと顔を出した。戦闘服に鉄帽姿、はじめて見るけどすごくかっこいい。

遠くから目が合って、巡くんの大きな口を開けて笑っている。その笑い方が可愛くて、この距離がもどかしい。

「光くん、巡くんいたよっ」

光くんを菜乃から渡してもらいよいしょと抱っこすると、光くんも巡くんを見つけたらしい。

「じゅんくん、ぼうしかぶってる」

「ね。巡くんも光くんに気づいてるよ、あとで話できたらいいね」

若い隊員は係などに回されるぶん、一般公開で訪れた人と話す機会が多いとネットで知った。巡くんはどうなんだろう。

辺りを見渡すと、やっぱり女の子同士できている人も多い。なかには隊員たちに熱い視線を向けている女の子のグループもあって、心が冷や汗をかきはじめる。

「あっ、そろそろはじまるみたい。見える場所に移動する?」

菜乃の声に、はっとする。

「うん、移動しようか。光くん行くよ」

光くんをおろして、手を繋いで歩き出した。

広大なグラウンドでは、桜の木々が満開になっていた。その下にビニールシートを敷いて座る人たちも見える。

「あの高い塔、東京タワーみたい」

降下訓練塔を見上げた菜乃が、面白いことを言う。私も見上げて、確かになんかイメージが似ているなと思った。

「形は全然違うんだけどなぁ。カラーリングが赤と白だからかな。でも実際東京タワーって赤だっけ」

「イラストとかで見ると赤だよね。いや、赤と白？」

「ちょっと待ってスマホで調べる……あっ、赤と白だ」

菜乃は降下訓練塔を「さっきのやり取り記念」と言って写真を撮った。

『桜まつり』は十時半からスタートして、午後の三時前に終わるらしい。

今日は五歳児を連れてなので、光くんの様子を見て早めに切り上げるかもしれないと巡くんにはあらかじめ伝えてある。

待っていると、晴れ渡った空に音楽隊の奏でる演奏が響きはじめた。

グラウンドへ、整列をした隊員たちの綺麗な隊列が行進してくる。観客からは、わっと歓声が上がった。

ざっと見ても数百人はいるだろうか、圧巻の光景に見入ってしまう。光くんも「じゅんくんがいっぱいいる……」と言って目を離さないでいる。

しばらくすると来賓の挨拶がはじまり、私たちは光くんが退屈しないように出店の方を見て回ることにした。

駐屯地内はとても広く、普段訓練で使っているであろう設備を間近で見学することができる。

携帯食やお土産なども売っているコンビニがあり、普段巡くんが使っているかもしれないと考えたら嬉しくなった。

光くんは催し物にはあまり興味がないようで、それよりも展示された車両やバイクに夢中だ。

グラウンドではなにか盛り上がっているが、私も今日は光くん優先だ。それにあまりにも隊員が多くて、巡くんを見つけられる自信がない。

翔兄ちゃんに至っては、絶対いるはずなのに見つからない体たらくだ。

双眼鏡を首から掛けてきている人が多い理由が、わかった気がした。

たこ焼きが食べたいという光くんのリクエストを叶えるべくコンビニから外に出ると、大きなヘリコプターが轟音を立てながら遥か頭上にやってきた。

すると、ヘリコプターから落下傘がパラパラと降下をはじめた。地上ではひと際高い歓声が上がる。

「光くん、見て！　あの空から降ってくるなかに、巡くんがいるかもしれない！」

一斉降下ではなく、自由降下だ。パラグライダーのような傘を使って上空から降りてくる。

背中に光を受けながら空からやってきた隊員たちの姿。巡くんもこんな風に……と見ていると、勘というか、あれ?と気になる落下傘が。

体型というか、顔なんて全然見えないのだけど、あれは巡くんでは⁉と思う隊員を必死で目で追う。

地上に近づいてくるにつれて、疑問は確信に変わっていく。

「光くん、菜乃! あれ、あのひと、巡くんだよ!」

じっと祈るような気持ちで着地の無事を願う。三人でひたすら見守っていると、巡くんはあらかじめ決められていたような人が立ち入らないスペースにしっかり着地をした。

ばさりと広がったパラシュートを両手を使い器用にくるくると素早くまとめ、ぱっと退場していった。

私は少し放心状態になってしまった。兄たちの降下も見たことがあるのに、巡くんはまた違う。

兄たちも大切だけど、巡くんはまた違った特別だからだ。

怪我なくいられるために、常に真剣なのだろうと考えたら涙が出てしまった。

お昼が過ぎ、光くんも少し飽きてきたようだ。ならそろそろ帰ろうかとなったところで菜乃から提案があった。

「なんか隊員さんたちもあちこちにいるし、廣永さんにもワンチャン会えるんじゃない？　わたしたちゆっくり先に駅に向かってるから、ちょっと捜してみなよ」

「でも、捜すのに時間かかっちゃうかもよ」

「わたしたちも待てなかったら先に帰るから、そのときにはメッセージ送るから行ってきな？」

菜乃の優しさに甘えて、ひと言巡くんに挨拶できたらと捜しはじめた。

ぽつ、ぽつと隊員と女の子たちが楽しげに会話する姿が目に入る。捜せど巡くんも、兄たちも見つからない。

これは今日は見つからないかも、なんて諦めたとき、曲がった建物の陰で巡くんが女の子たちに囲まれているのを発見してしまった。

しかも、なんだか女の子たちからは筋金入りの自衛官ファン、といった感じのオーラがびんびんに出ている。

巡くんがにこやかに接しているためか、女の子たちの距離が近い。近過ぎる。あくまでも巡くんは仕事中なのに、女の子たちは関係ないとばかりに近い。

一番側にいた派手目な女の子がぴたりとふざける振りをして身を寄せた。

私の顔を見ながら、だ。

——巡くんは仕事、仕事だから邪険にできない。それだけ……!!

グラっと挫けそうになる心に活を入れ、ネックレスに触れる。

こんな場面、これから先もあるかもしれないんだからいちいち傷つかない！

巡くんに気づかれる前にもう帰ろうと、さっとその場を離れた。

「前だったら、もっと落ち込んでた……」

以前、兄たちからも自衛官と付き合う大変さと大切なことを聞かされていた。

信頼がなにより大切だと。私が巡くんをこんなことで責めたり落ち込んだりしていたら、この先おつき合いは難しくなってしまう。

歩きながら深呼吸する。そうして菜乃たちを追いかけようと決めると、突然数人の隊員たちから声をかけられた。

「すみません、もしかして栢木1曹のご家族の方ですか」

精悍《せいかん》な顔つきで聞かれ、思わず兄たちになにかあったのかと構えてしまった。

「はい、妹です。あの、兄たちになにかあったんでしょうか」

そう聞くと、隊員たちの顔はふっと緩んだ。

「いえ。大丈夫です。開場前の整列のときに栢木1曹が反応していたので、もしかしたらご家族なのかと気になって声をかけてしまいました」

兄たちになにかあった訳ではないとわかり、ほっと胸を撫で下ろした。

「いつも、兄ふたりがお世話になっています」

頭を下げると、「妹さんだ」「噂の」なんてこそこそ聞こえる。

あれ、もしかして、これって声をかけられてるのかな……？

「連絡先を」と小さく聞こえて確信する。

どうしよう。どうスマートに切り抜けたら兄たちに迷惑がかからないんだ。

ぐるぐる考えはじめた瞬間、「利香ちゃんっ」と大好きな巡くんの声が聞こえた。

「ダメだよ、利香ちゃんは俺の婚約者だから手出さないで」

私と隊員たちの間に、ニコニコと巡くんが割り込んだ。

「まじか、いや、まじで⁉」

「まじで婚約者だから。これ以上しつこくすると怒るよ」

巡くんを追いかけてきたのか、さっきの女の子のグループから小さく悲鳴が上がる。

隊員たちは「廣永〜ッ」と口々に言って去っていった。女の子たちも「えーっ」なんて言っている。

特にさっき巡くんに身を寄せていた女の子は私を睨んだけれど、巡くんにじっと見られて、他の女の子たちと一緒に去っていった。

「……追いついて良かったぁ！　ごめんね、変なところ見せちゃって。嫌な気持ちになっちゃったよね」

平謝りする巡くんに、私は慌ててしまう。さっき声をかけないで去ろうとしたこと、バレていたんだ。

「邪険にできる訳ないです、ファンの方ですもん！　私こそ邪魔してしまって……」

「邪魔じゃないよ。俺は利香ちゃんの婚約者だって、今回みんなに知ってもらえて良かった」

「婚約者……？」

「俺、利香ちゃんと絶対結婚するよ。はじめから結婚するって決めて、ご実家にも挨拶に行ったでしょ？」

そうだった。巡くんははじめから、私と結婚したいと言ってくれていた。

思わず嬉しくて顔がにやけてしまうと、「忘れちゃダメだよ」と言われてしまった。

真っ青な空が広がる、今年もそんな夏がやってきた。

横田《よこた》基地から輸送機で出発して、長距離移動しグアムにあるアンダーセン空軍基地上空からの降下訓練を終えた巡くんが帰ってきた。

「利香ちゃん。俺は利香ちゃんが大好きです。一生を幸せにすると誓います。どうか結婚してください」

更に日に焼けた巡くんは、爽やかに白い歯を見せて私に指輪を見せプロポーズする。

火にあぶられたハラミの脂が、赤く燃える炭に落ちる。途端にジュッと音を立て、火を上げた。

私はトングを持ったまま、ぽかんとしてしまった。

ここは『大陸まんぷく飯店』、巡くんが海外から帰ってきたので暑いなか久しぶりに焼肉を食べにきたのだ。

まったく、今日はそんなそぶりはなかった。

巡くんは相変わらずご飯をパクパク食べて、私は厚切り牛タンを堪能して幸せに浸っていた。

そうしたら急に巡くんがジュエリーケースを自分のバッグから取り出し、七輪と排気筒の間からそれを開いて指輪を見せてきた。

驚いてどうしたのかと聞く前に、しっかりプロポーズされてしまった。

「驚いた……っ、待って、心臓ドキドキしてる」

私は額に汗をかいて、とりあえず焼けたお肉を七輪の横に置いてあった巡くんのお皿にのせた。

「俺もドキドキしてる。本当はもっと夜になって雰囲気出してってって思ってたのに、利香ちゃんが牛タン食べてるの見たら懐かしくなったんだ。はじめて利香ちゃんにここで出会ってから、一年経ったんだなって」

私は、あっと声を上げてしまった。

「ほんとだ。あれから一年経ったんですね。ふふ、懐かしい。私、巡くんに会ったとき、好きになっちゃう！　ヤバい！って思ったんです。だから焼肉のあと、帰ったんですよ」

「俺も、俺も好きになるって思ったし、本当に好きになった。もしかして、俺たち初対面から好き合ってたのかな」

そう考えると、嬉しいし恥ずかしいしで、火照ってきてしまった。

「……俺と、結婚してくれる？」

いままで、何度も結婚を口にしてくれた。交際をはじめたときだって、実家にきて結婚を前提にと言ってくれていたのに。

なにを心配しているのか、巡くんは眉を下げて私の返事を聞きたがる。

巡くんと本当に結婚する。

疑っていた訳ではないけれど、じわりと涙が滲んできて、ぽろぽろ止まらない。

「……結婚、結婚したいです。私は巡くんと結婚したい」

「俺も、利香ちゃんと結婚したい」

そう言って巡くんは私に手を差し出すように言い、薬指に指輪をはめてくれた。


その翌月、巡くんのおかあさんのもとへ結婚のご挨拶に伺うことにした。

兄たちも一緒にだ。

以前、おかあさんがコロッケを私に食べさせたいと言ってくれていた。

兄たちも巡くんからコロッケの話を聞いていて、私と一緒に行きたいという話になっていたのだ。

おかあさんは、ずっといつくるのかと待っていてくれていたようだ。

翔兄ちゃんの運転で茨城の巡くんのご実家に伺う。

もちろん、実家から炊飯器とお米、そして実家から預けられたお土産を持参してだ。

兄たちをひと目見たおかあさんは、巡くんに言う。

「もう、絶対に一升じゃ足りないじゃない！」

そのおかあさんにすかさず、兄たちが持参した一升炊きの炊飯器を見せる。

おかあさんは大笑いをして、更にお米まで見ると手を叩いて笑った。

そうしてお米を炊いてくれていたけど、追加で普段使っている三合炊飯器もセットしてくれた。よっぽどご飯が足りないことが心配みたいだ。

おかあさんは、それはもう山のようにコロッケを揚げてくれていた。

大きくてホクホクで、中身も肉じゃが風やカレー風味でバリエーションがあり、しかもどれも美味しかった。

明るく話しやすいおかあさんに、兄たちはすぐに打ち解けた。

兄たちも巡くんも私も隙あらばおかあさんを手伝おうとするので、おかあさんは「みんな座ってご飯を食べなさい」と笑っている。

たくさんご飯を作るのが楽しいと言ってくれて、またこうやってみんなで遊びにきて欲しいと言ってくれる。

和気藹々《あいあい》とした雰囲気に、笑い声が絶えない。

そこで巡くんの弟さんが撮りためていた、学生時代の巡くんの写真をおかあさんが見せてくれて、みんなでとても盛り上がった。

そんななか、サプライズゲストがやってきてくれた。

高校時代、巡くんに自衛隊をすすめてくれた先生だ。巡くんが結婚すること、挨拶しに地元に戻ってくることをおかあさんが報告したら、会いにきてくれたそうだ。

巡くんはものすごく喜び、張り切って私や兄たちを先生に紹介してくれた。

先生も、ずっと巡くんが元気にしているか気になっていたらしい。

「先生が言っていた空からの景色、最高です。いつも空から降りる前、必ず先生のことを思い出してます」

「えっ、廣永、こんな可愛い彼女じゃなくて、おれのことを思い出してるの⁉」

その先生は、焦ったように私と巡くんを交互に見る。

「はじめての降下訓練の日から、ずっとです。ゲン担ぎみたいなものなので、これからも先生を思い出しますね」

にこっと笑う巡くんに、先生は「いやはやまいった」と言って照れたように頭をかいた。

それから先生は、巡くんの学生時代の話を聞かせてくれた。

運動神経が良くて、目立っていたこと。でも悪いことは一切せず、自転車のパンク修理が得意で、誰かが困っていたら昼休み中にささっと直してあげていたエピソードを教えてくれた。

職員室に置かれたパンク修理一式は、パーツが足りなくなると先生が自腹で買って補充していたという。

巡くんはそれは知らなかったようで、ありがとうございましたとお礼を言っていた。

パンク修理のエピソードは、兄たちが「巡らしい！」と褒めていた。

先生は帰りに、これからも巡くんをどうぞよろしくと、私や兄たちに何度も頭を下げてくれた。

その冬、私たちは挙式はとりあえずあとにしようと相談して、先に婚姻届を出し新たなマンションで新生活をはじめた。

1LDKの部屋を借りて、茨城のご実家のテリーヌグッズのほとんどを運んできた。

それらを寝室に飾り、カーテンや寝具もテリーヌのカラーでまとめとても可愛らしい部屋にした。

リビングはシンプルに、共働きの私たちが掃除をしやすいように家具を減らしてある。

菜乃が結婚祝いにプレゼントしてくれた最新式のお掃除ロボットは、私たちの強い味方だ。

キッチンの食洗機は兄たちからのプレゼントで、こちらも本当に助けられている。

朝ごはんの用意をしていると、巡くんがジョギングから帰ってきた。

走ると暑くなるからと、真冬でも薄手のトレーニングウェアだ。

「おかえりなさい」

「ただいま〜、今朝はかなり冷え込んでるよ」

「薄着の巡くんに言われても、信憑《しんぴょう》性がなぁ」

顔を洗ったとき、その水の冷たさで相当外は寒いだろうと予想はしていたけれど、汗をかきながら帰ってくる巡くんが言うと可笑しく感じる。

「利香ちゃん、信じてないでしょう」

そう言ってふざけて冷たくなった鼻先で私の首筋をぐりぐりとくすぐるので、思わず飛び上がってしまった。

「つめたっ！」

「あはは、びっくりした？」

「意地悪するなら、お義母さんに言っちゃいますからね。きっとすぐ茨城においでってなりますよ」

おかあさんは、もし巡くんとケンカしたらいつでもおいでと言ってくれている。

「やだ、利香ちゃんは俺の側にいて」

ごめんね、と巡くんがキスの雨を降らす。またくすぐったくて、楽しくて、私は小さな笑いが止まらなくなる。

「ふふ……あははっ、楽しくて幸せ過ぎる」

心に溢れた気持ちを素直に口にすると、巡くんは満足そうに「利香ちゃんはもっともっともっと幸せになれるよ」と笑った。

番外編その一

巡くんの弟さん。周《しゅう》さんは茨城のご実家を出て、都内でひとり暮らしをしている。大きな海運の会社にお勤めで、巡くんいわくとても頭が良くて真面目らしい。歳は私と同じで、両家の顔合わせのときにも参加してくれた。

背格好や顔など巡くんにとても似ているけれど、雰囲気的には巡くんと真反対の猫みたいな印象を受けた。

シュッとした切長の目に、薄い唇が実年齢よりもずっと大人に見せている。

性格はお話を聞いていた通りに大人しいタイプだ。ただ気を遣うところが私と同じで、周さんとは初対面のときからお互いに適切な距離感で接している。

周さんと巡くんは、基本的によほどのことがない限り連絡を取り合わない。

仲が悪いとかではなく、昔からそうなのだそうだ。

春になり、その周さんから『観光がてらに都内に花見にこないか』と、巡くんに連絡があった。

関東南部はちょうどいま五分咲きで、気温が上がればすぐに満開になりそうだ。

駐屯地の桜まつりは、つい先週終わったばかり。

そんなところに周さんからの、お花見の誘い。

私たちの場合、駐屯地の近くで部屋を借りたので帰りは巡くんの方が早いときの方が多い。そういうとき、巡くんは夕飯の支度をはじめてくれている。

今日はそんな日だったので、マンションに帰ると部屋着に着替えた巡くんがお米を研いでくれていた。

けれど表情がどこか暗い。心配して聞いてみると、「周から花見に誘われた」とどんよりと言うのだ。

「どうして、そんな暗い顔をしてるんですか」

「周が俺を花見に誘うなんてはじめてで……。なにかあったのかもしれない」

巡くんは、もしかしたら周さんに大きな悩みでもあるのかと、すごく心配している。

けれど、いままで相談などを受けた機会は片手で数えるほどしかないらしい。

巡くんが頼って欲しいと言っても、「うん」というだけで、ほとんどの問題は解決したあとの事後報告なのだそうだ。

それも、なかなか大変な悩みもあったらしく、巡くんは話だけでも聞かせて欲しかったと思うこともあるそうだ。

——そのタイプ、わかる。誰かに頼るのが下手で、結局はひとりで四苦八苦しながらなんとか解決するのだ。もちろん解決できないこともあり、手負いの獣のように週末ごとに引きこもりながらやり過ごす。

私も周さんも、もしかしたら根っこのところが結構似ているのかもしれない。

あとになっての報告に、兄たちを心配させてしまうのも一緒だ。

その周さんに悩みがあるのかはわからないけれど、せっかく誘ってくれたのだから断る理由はない。

「とにかく会って、様子を見てみませんか？　ただ顔が見たいだけかもしれませんよ」

「顔なら俺たち結構似てるから、もう見飽きてるんじゃないかな」

普段の元気はどこへやら、殊勝《しゅしょう》なことを言う。

「造形は似てますが、巡くんと周さんってかなり印象が違います」

「そうかな」なんて言って、研いだお米を炊飯器にセットしてくれた。

「せっかくですもん、お誘いにありがたくのってみましょうよ。桜の花は満開になったら、散るのはあっという間ですよ」

毎年新鮮に驚くのだけれど、桜が咲いた！と思っていたら、いつの間にか気がつくと葉桜になっているのだ。特に雨など降ってしまうと、余計に早く散ってしまうような気がする。

お花見しておけば良かったと後悔しても、また来年までお預けになってしまう。

「顔を見て、なんにもなかったら良いじゃないですか。もし会う前から色々詮索《せんさく》してしまったら相談があっても言えない雰囲気にしてしまうかもしれません」

「確かに、そうだよね。俺が心配し過ぎるから、周も言えないことがいままであったかもしれない」

言ってくれてありがとうと、巡くんは私をぎゅうぎゅうに抱きしめた。

その夜。早速メッセージに返事をすると、周さんから電話がかかってきた。

巡くんか「珍しい」と、また深刻な顔をするので、大きな背中に手を添える。

ソファーでカチコチに固まる巡くんの隣で、見守る覚悟を決めた。

「も、もしもし？」

『もしもし。もしかして、忙しかった？』

電話でも、周さんの声はとても落ち着いている。静かな部屋なので、スピーカーにしなくとも会話が聞こえてしまうのだ。

「平気！　ど、どうした？」

『花見、きてくれるっていうから。時間とか都合とか、直接話した方がいいかなって』

巡くんは驚いた顔をして黙って私を見るので、思わず声を殺して笑ってしまった。

そんなにも、珍しい場面に立ち会えているのか。

思えば、男だけの兄弟ってこっち寄りなんじゃないだろうか。

兄たちだって、もしいまの職種を選ばずバラバラだったら、特に翔兄ちゃんなんて年に一度連絡があればいい方。なんて感じだったかもしれない。

巡くんと周さんは、週末に日にちを合わせて時間を決めている。

もう大丈夫だろうと、私は飲み物をいれにそっとその場から離れた。


なにかあったら、すぐに戻るか、行けなくなるかもしれない。

そう、約束するときに巡くんは周さんに言っていたけれど、とりあえず何事もなく都内に出てこられた。

待ち合わせた午後の上野《うえの》駅前は、相変わらず観光客でごった返していた。

海外からのグループ、日本人の親子連れや友達同士。わいわいとアメ横《よこ》や上野公園を目指しているようだ。

何回かきたことがあるけれど、広大な公園のなかに博物館や美術館があるせいか、ここはいつも人で賑わっている。

「桜並木のところに入れる、階段のところで待ち合わせなんですよね」

「そう。お花見中継とかでは見たことあるけど、実際に行くのは俺もはじめてなんだ」

「私も、博物館の特設展示などは見にきたりはしていましたが、お花見シーズンははじめてです。楽しみ！」

その人の流れに乗って歩いていると、大きな石階段の下のところで長身の男性がこっちに一眼レフを向けているのに気づいた。

白いシャツに麻色のジャケット、パンツに革靴という綺麗目なコーディネート。

道ゆく女の子がチラチラ視線を投げているのに、カメラを覗くのに夢中みたいだ。

「あれ、周だよね」

「私の記憶に間違いがなければ、あれは周さんですね」

「あいつ、カメラだけはずっと中学からの趣味なんだ。ちなみにあのカメラは、周の就職祝いに俺が清水《きよみず》の舞台から飛び降りる覚悟でプレゼントしたやつだよ」

三千メートル降下より、よっぽど勇気がいったと巡くんは笑う。

確かみんなで茨城のお家に行かせてもらったとき、お義母さんが見せてくれた写真は弟さん、周さんが撮ったものだと言っていた。

お互いの距離が近づくと、周さんはスッとカメラを下ろした。

そうして軽く片手を上げて、私にはペコリと頭を小さく下げてくれた。

「兄ちゃん、利香さん、久しぶり」

「久しぶり、元気だった？」

「お久しぶりです、周さん」

人の多く行き交うなかで、周さんと私はペコペコと頭を下げ合う。

周さんは「歩きながら話そう」と、あっち、と桜並木のある方を指さした。

石階段を上がりきると、目の前には満開の桜がうんと向こうまで広がる光景が広がっていた。少し風が吹けば、チラチラと花びらが舞う。

そのたびに歩く人からは、「わあっ」と声が上がる。

こんなに立派で広い桜並木は、はじめて見た。

「すごいです、さすが有名なだけありますね」

そうふたりに話かけると、すかさず周さんが私を写真におさめた。

「利香ちゃんを撮りたかったら、ちゃんと撮っていいか聞かないとダメだぞ」

巡くんからの一言に、周さんが私に向き合った。

「利香さん、いきなり撮ってすみません。今日は、利香さんと兄ちゃんを写真に撮ってもいいですか？」

周さんの趣味はカメラだと聞いた。今日みたいな綺麗に桜が咲いている日に、ダメなんて言ったら落ち込んでしまうかもしれない。

それに、実は私は自分で撮った以外の巡くんのちゃんとした写真を持っていない。

巡くんの、スマホで撮った以外の写真。喉から手が出るほど欲しい。

切実にだ。

「まったくもって問題ないです。もし良かった、巡くんの写真を買わせていただきたいので、あとで詳しくお話ししても？」

「ならデータと一緒に焼いて送ります。ここ数年の降下始めの写真もあります」

「是非、ぜひ！　ね、巡くん！」

巡くんは私の予想外の勢いにあからさまに驚いているが、私はいまや巡くんを大好きな女の子だ。

入籍して妻となっても、この気持ちを抑えることはできない。

今年の桜まつりなんて菜乃と光くんを誘って張り切って行かせてもらったし、もちろん夏まつりにも遠慮なく参加予定だ。

「茨城のご実家で、周さんが撮った写真をお義母さんに見せてもらいました。風景も綺麗で、特に巡くんの学生時代の写真なんて最高でした」

中学三年生頃からの、巡くんの写真が徐々に増えていっていた。多分このあたり、つまり周さんが中学一年生からこの趣味が本格的になったのだと思われる。

「兄ちゃんて、無駄に写真映えするんですよね。だから随分と被写体として練習させてもらいました」

「無駄って……言い方～」

そんな風には言っているけれど、巡くんは周さんに褒められて嬉しそうだ。

それから、巡くんと並木を歩いているところをたくさん撮ってくれた。

人混みのなかでも立ち止まったりはあまりせず、サッと構えて連写して、また人の波に乗って歩き出す。

周さんは全然喋らないのだけど、巡くんから気にしないようにと言われた。

きっと周さんはまわりの迷惑にならないように写真を撮ることに集中しているのだろう。話しかけて邪魔はしたくない。

「桜、綺麗ですね。駐屯地のものだけど、圧倒されます」

「こんなに一気に咲いて、二週間くらいで葉っぱだけになるのが不思議だよ」

桜を見上げると、真っ青な空とのコントラストが本当に綺麗だ。

ふと、なんだか不思議な気持ちになった。

去年のいま頃、ちょうどこの時期には私たちはまだ結婚していなかった。

嫉妬をしないために誘ってくれた夏まつりの誘いを断った。

少し自信をつけた桜まつりでは、女の子に囲まれている巡くんを見て胸がちくりとしたけれど。巡くんはみんなの前で私を婚約者だと言ってくれた。

そうして、いま。巡くんの奥さんになれた。

誰かの一番になんて一生なれないと、諦めて生きていこうとしていたのに。

巡くんはそんな私を、たったひとりの特別な人にしてくれた。

隣の巡くんを見上げると、巡くんは私をじっと見ていた。

「いま、俺のこと考えてたでしょ？」

超能力？　それとも読心術⁉

「な、なんで？」

巡くんは、へへっとはにかむ。

「俺が利香ちゃんのことを考えてるときと、おんなじ顔をしてたから」

「えっ、まって、ニヤニヤしてた⁉」

咄嗟に頬に手を当てて、顔を引き締める。

「……変な顔をしてた？」

そう巡くんに聞くと、カメラを構えた周さんが「してません」と答えるので、笑ってしまった。

並木はそんなに長い距離ではないので、二度往復したあとに休憩することにした。並木から逸れた小道にソフトクリームが売っているお店があり、引き寄せられるように移動する。

そこで買った美味しいソフトクリームに舌鼓をうっていると、巡くんは周さんに最近はどうなんて聞きはじめた。

聞き方が、涼兄ちゃんに似ていてびっくりした。

周さんは抹茶のソフトクリームを持って、しばらく明後日の方向を見つめて考えている。そうして、「あっ」と言ってから言葉を続けた。

「……仕事して、最近は帰ってくるのが遅いから自炊できなくて、ラーメンと牛丼屋のカレーとハンバーガーで夕飯は回してる」

「休みの日は？」

「土曜日はひたすら寝て、日曜日の午後にすべての用事を済ませてる」

「わかります！　休日は自分の気力体力を回復させるのが最優先なんですよね。私も巡くんと結婚するまでは、土曜日に用事を済ませて日曜はひたすら睡眠時間にあてていました」

周さんはそれを聞いて、「同じだ」と呟く。

「同僚や友達に遊びに誘われるけど、考えただけで無理だってなる。行ったら楽しいのに、反動で週の真ん中まではなんとなく調子が悪くて」

だからひとりが気が楽なんだと、周さんは小さく笑った。

「周は昔はあんまり自分のことを話したがらなかったけど、そういう理由があって家にいるのが多かったんだな。いま、はっきりわかって目から鱗《うろこ》が落ちたわ」

巡くんは大きく息を吐いて、「良かったらまた、周のことを聞かせて」と言った。

それから並木からは離れて、公園の中央まで歩いた。

なんとなく、さっきの話からすると今日はここで解散かなと思っていたら、周さんが少しだけ飲んでいこうと誘ってくれた。

驚いたのは、巡くんだ。腰でも抜かすようなオーバーリアクションでびっくりしている。

「周から飲みに誘われたの、はじめてかもしれない！」

「はじめてだけど。兄ちゃんは大袈裟《おおげさ》過ぎる。家ではいつもこんな感じなんですか？」

周さんに聞かれて、私は首を横に振った。

「巡くん、この間、周さんから電話貰ったときから嬉しくてずっとこうなんです」

えーっと言いつつ、周さんはそんな巡くんもカメラで撮っている。

普段連絡を滅多にしなくたって、仲が良いのがすごく伝わってくる。きっと子供の頃から、こんな風に戯れ合っていたのだろう。

周さんの案内で公園口から出て、アメ横に向かうとここも人で賑わっていた。

鮮魚やお菓子、洋服やドライフルーツを売るお店まである。

そこにお昼からお酒が飲めるお店も多くあり、どこもほぼ満席でお客の笑い声が絶えず聞こえている。

「利香さんは、アメ横で飲んだことはありますか？」

「いえ、はじめてです！　興味はあったのですが、敷居がなんとなく高くて」

どのお店も各自独特なルールや決まりごとがありそうなディープな雰囲気に、なんとなく尻込みしていた。

「どこも難しいことはありません。わからないことは、聞けば教えてくれます。下調べもしますが、実際にお店に入ってみながら開拓をするの、楽しいですよ」

周さんはそうやって、調子の良いときは飲み屋さんを開拓しているのか。

「今日は女性でも入りやすいお店に案内します。利香さんも兄ちゃんも、きっと気に入ってくれると思う」

周さんは、一軒のレストランのようなお店に案内してくれた。

熱い油で揚げ物をしている、ジューシーな甘い香りについお腹が鳴ってしまう。

「手前は立ち飲み、奥は座って飲めるレストランのような造りになっています。肉屋が経営しているので、肉料理と、あとメンチカツやコロッケが旨いです」

確かにお店の入口は奥まっていて、その間にカウンターがある。

そこで揚げ物をつまみにして、お客がぐいっとビールやハイボールを美味しそうにあおっている。レストランに入るまでではないけれど、ちょっとここの揚げ物で一杯やりたいときにはものすごくいいシステムに見えた。

わかりやすく説明してくれている側で、巡くんは「周がいっぱい喋ってる」とニコニコが止まらないようだ。

少しだけ待って、無事にレストランのなかに案内してもらえた。

写真つきのメニュー表にはどこをめくっても美味しそうなお肉料理が載っていて、迷いにまよった。

周さんのおすすめと、各自食べたいもの、そしてお酒も注文する。

中ジョッキの生ビールが三つ届いて、乾杯となった。

間髪入れずに、メンチカツやコロッケが運ばれてくる。それを見て、巡くんが今度周さんも実家にコロッケを食べに帰ろうと誘う。

「実は、うちの兄たちもお義母さんのコロッケをご馳走になったんですよ。あれからすっかりコロッケにハマっているようで、たまに実家に帰ってはお義母さんの味を再現しようと頑張っているみたいです」

お酒の入った周さんは、その話がとても面白いようで頬を緩ませる。

「母の作るコロッケは、多分再現は難しいです」

「えっ」

「あれ、そのときの思いつきや気候、気分で母さんが適当に味付けするんです。だけど、そのどのコロッケもちゃんと旨い。母は気まぐれな料理上手なんですよ」

「そうそう。あのときの食べたいって言っても、本人はどう作ったかなんて気にも留めてないから再現できない。なのに、旨いんだよな」

うんうんと頷き合いながら、ふたりして熱々のコロッケに齧《かじ》りつく。

そうして、冷たいビールで流し込んだ。

「じゃあ、今度お邪魔したときにお手伝いをしながら動画とか撮ってみようかな」

「きっと母は照れて、終始お喋りしているでしょうね」

その光景、照れるお義母さんがずっとなにか話し続けているのが目に浮かぶようだ。続けて運ばれてきたステーキやカツサンド、ピザにハンバーグ。どれもが美味しくて夢中になってしまった。

お腹がいっぱいになり、早いけれど帰ろうかという話になった。

三人で駅まで歩く。改札に入り、改めて今日誘ってくれたお礼を周さんに伝えた。

周さんは酔ってほんのり赤い顔で、「いいえ」と頭を下げた。

「今日は、写真を撮らせてくれてありがとうございました。うちは両親が離婚してから母が忙しくしていたので、あんまり写真がなくて。だから兄ちゃんが結婚したら、ふたりの写真、そして増えていく家族の写真は僕が撮りたいって思ってたんです」

「兄ちゃんはなんでもできるのに、写真は下手だから」と加えた。

「周、お前……」

「小さい頃の写真がなくて、学校で必要になって困ったこともありました。兄ちゃんと利香さんの子供には、そういう思いを僕がさせません」

この言葉は、心がガツンときた。

なんの授業かは忘れたけれど、出生時の出来事や写真を用意しなくてはいけないときが小学生の頃に確かにあった。

写真なんて一枚もなくて、母子手帳くらいしか出生時の記録がなかった私はそれを持って行った。

出生体重、身長、生まれた時間。産みの母の名前を、ずっと見つめていたのを覚えている。

あのやりきれない気持ちを、周さんは私たちの子供にはさせたくないと言ってくれた。まだ存在すらしない、一生いないかもしれない子供にだ。

それは、とてもとても柔らかくてとびきり優しい気持ちだ。

子供はきっと、いつか周さんの撮ってくれた写真を見て喜ぶだろう。

もしかして恥ずかしがるかな、もっと撮って欲しかったなんて言ったりして。

楽しみだと、ふっと自然に頭に浮かんだ。

「また、今度は実家で会いましょう」

周さんはそうさらりと言って、振り返らずにホームへと歩いていった。

私はその背中を見送る。

「……周が、勝手なことを言ってごめん」

謝る巡くんに、私はその手を握って答えた。

「ううん。周さん、ずっと写真撮ってくれるって言ってました。なんかそれを聞いて、楽しみだなって自然に思ったんです。私いま、そう思えたんです」

見開いた巡くんの目に、うるうると涙の膜が張る。

「それって、利香ちゃんにとってつらくないことになったってこと？」

子供を持つ自信がないと、巡くんには結婚前に打ち明けていた。

だから子供を望むなら、私を選ばない方がいいと。

巡くんは、それでもいいと言ってくれていた。

「以前よりも、ずっと前向きになっています。授かりものですから、都合良くはいかないと思います。だけど、巡くんの子供なら、被写体として優秀だって周さんに褒めてもらえるかもしれません」

気恥ずかしくておどけてみせると、巡くんは人目もはばからず私をぎゅうぎゅうに抱きしめた。

「利香ちゃんのつらいことが、ひとつでも減ったかもしれないのが嬉しい。俺、写真下手なままで構わないから、周にこれからも写真撮ってもらおう？」

はい、と頷いて、私を抱きしめる巡くんの大きな背中をたくさん撫でた。

あれから、二年が経った。

桜が咲いたら上野公園で待ち合わせ。これが周さんと私たちのお約束になった。

今年も満開の桜並木は人でいっぱいで、みんな桜と空を見上げている。

石階段の下で、周さんは巡くんと私を見つけてカメラを構えている。

「周、相変わらず撮るのが早いね」

「でも、去年も一昨年も、歩いてくる私たちが自然体で写っていて良かったですよね。ただ、撮られるのがわかってるから顔を作ってしまいそうになります」

周さんが撮ってくれた写真。私たちがただ公園に向かって歩いている姿が、とても自然に写っていた。楽しみだねと、まるで会話まで再現しているようだった。

「カメラに向かってキメ顔してみる？」

「じゃあ私は、変顔しますね」

再び周さんがカメラを構えた瞬間に、さっとそれぞれ顔を作った。

カメラを覗いていた周さんはシャッターを切ったあと、カメラを下ろして笑ってくれた。

「久しぶり、今年も写真よろしくな」

「任せといて。母さんからもデータ待ってるて言われてるから、さっきのは必ず送るつもり」

お義母さんなら絶対に笑ってくれる自信がある。

石段を登るとき、巡くんがしっかりと手を貸してくれた。ここの階段は幅が広く意外と長いのですごく助かる。

ゆっくりと階段を登ると、また綺麗な桜並木が私たちを迎えてくれた。

今年は都合が合わず、満開を少し過ぎて散り際になってしまったけれど、桜の花びらが風に舞い上がる光景は幻想的で素敵だ。

「ここで一枚、しっかり撮りたいです。利香さん、いいですか?」

周さんがカメラを構える前で、私は笑顔を浮かべた。

すっかり大きくなった、お腹に手を添えて。

「兄ちゃんたちの赤ちゃん、こっちに向かってピースしてるかも」

超音波写真を産院で最近撮ったとき、赤ちゃんの指がちょうどピースを作っていた。

それが可愛くて、巡くんは周さんにトークアプリで写真に撮って送っていたのだ。

「外の空気に喜んでるみたい。ほら、ぽこぽこ動いてるのがわかります」

ワンピース越しに、大きなお腹が動いているのがわかるくらい元気な子だ。

出産予定は六月。あと二ヶ月で、巡くんと私は親になるのだ。

妊娠するまで、巡くんと私は何度も話し合った。

子供を持ちたいという気持ちが一過性ではないことを、私はきちんと自分自身に確認しなければならなかったからだ。

その間、巡くんは急かしたりしないで辛抱強く待っていてくれていた。

そうしてしっかりと話し合い、時間を一度置いたことで、私の気持ちが以前とは変わったのだと強く確信ができた。

待っていてくれた、巡くんの子供が欲しい。

大切に育てたい、愛情をたくさん注いで、優しく抱きしめたい。

赤ちゃんを産みたいと思った。

妊娠がわかって、巡くんと私は抱き合って嬉しくて大泣きした。

見守っていてくれたみんなも、本当に喜んでくれた。


今日の周さんは、かなり張り切っている。

この写真は将来お腹の子が見るのだからと、なんと前日にここにきて試し撮りをたくさんしたのだという。

そのくらい、いまから大事にされていて嬉しく思う。

「じゃあ、次は兄ちゃんと利香さん、ふたり並んだところを撮りたいです」

周さんの指示で、人の比較的少ない桜の木の下で、巡くんと並ぶ。

手が触れて、巡くんは自然に手を繋いでくれた。

「来年またここで撮るときには、三人ですね。子供を真ん中にして、捕まったエイリアンみたいな構図のも一枚撮りたいって言ったら、周さんに怒られるでしょうか」

「いいと思う、撮ってもらおう！　それで子供が大きくなって超常現象やホラー映画が好きになったら、利香ちゃんに似たんだねって話ができる」

「可愛いもの大好きなら、巡くんに似てるって話したいです」

周さんがカメラを構える。

巡くんが合図とばかりに握った手に力を込めた。カメラ越しにいつかこれを見るお腹の子供に向けて、ふたりしてニ――ッと子供みたいな嬉しさ全開の笑顔を浮かべた。

番外編その二

俺は利香ちゃんが大好きだ。

先輩たちに連れられて、焼肉店『大陸まんぷく飯店』で利香ちゃんをひと目見たときから、体中の細胞がお祭り騒ぎを続けている。

こんなにも人を好きになったのははじめてで、この〝好き〟って気持ちはどこから生まれて、どれだけ大きくなっていくのか。

深夜の隊舎のベッドのなかで考えるのが日課になっていた。

恋をするのは、頭か心か。

利香ちゃんの姿を見れば、真っ先に反応するのはまず心だ。心臓には心が住んでいるのか、飛んだり跳ねたり大騒ぎを起こす。

心臓がひとつで良かった。ふたつあったら、並んだ心臓からとんでもない苦情がくると思うから。

ドキドキすると、今度は顔が熱くなる。口元がゆるゆるになるのを、利香ちゃんから見えないように必死に何度隠したか。

ひとりになったとき。別れ際に名残り惜しそうに眉を下げて小さく笑う利香ちゃんの顔を、何度も思い浮かべるのは頭の役割だ。

夜の街を割いて走る電車。ふっとガラスに反射した俺の顔は、さっき利香ちゃんが見せてくれた表情と同じだった。

利香ちゃんの抱えていた問題がひとつずつ解決や変化をして、乗り越えた先でプロポーズをした。

肉ののせられた七輪の向こうで、利香ちゃんはびっくりしていた。

焼肉店でプロポーズされるとは思っていなかったのだろう。指輪を用意していた俺も、まさか自分がここで改めて結婚を申し込むとは思わなかったからだ。

多分このときは、頭と心がタッグを組んで「いまだ！」となったのだと思う。

利香ちゃんは承諾してくれて涙ぐんだ。俺もそれを見て目頭が熱くなって、安心して大きな息を吐いた。

そうしてめでたく婚姻届を出したのだけど、利香ちゃんは、多分俺にひとつ負い目を持っていた。

子供を持つ自信がない、ということだ。

だけどそれに関しては、利香ちゃんにも言ったけれど、俺は利香ちゃんが大好きだから結婚した。

子供をと急かす親たちではないし、この時代は昔よりずっと多彩な生き方があり俺たちには選択肢がある。

その選択肢のなかで、利香ちゃんと天寿を全うするまで一緒に生きるのが俺のベストだ。

しかしもしかしたら利香ちゃんには、もっと他に良い生き方があったのかもしれないのに。

それでも、俺との結婚を選んでくれた。

なら俺は、全力で利香ちゃんを大事にして世界一幸せにするのみだ。

子供が欲しいから結婚する訳ではない、そのことは利香ちゃんに伝えた。

それに子供は授かりものだ。欲しいから、すぐにできる訳でもないと思っている。

しかるべきタイミングで、縁があればできるもの。

利香ちゃんが一緒にいてくれれば十分に幸せなのだから、なんにも負い目なんて感じなくてもいい。

それも、俺たちがいま選べる選択肢のひとつなのだから。

――そんな考えを、ひっくり返すことが起きた。

弟・周に誘われて花見にいったときだ。

カメラが趣味な周は、俺たちふたりの写真を撮ってくれた。

これからはじまる、俺たち家族の歴史みたいなものの記録者として立候補してくれたのだ。

もちろん、周は俺と利香ちゃんの人生に子供は登場しないかもしれないことは知らない。ただ純粋な気持ちで、良かれと写真を残そうとしてくれていた。

――その気持ち、行動が、利香ちゃんの琴線《きんせん》に触れたらしい。

子供を持つということに、利香ちゃんは前向きになっていた。

俺は利香ちゃんの、負い目みたいなものが消えるかもしれない可能性がまず嬉しかった。

それからすぐに子供を作ろうとはならないところが、利香ちゃんの慎重さを物語っていた。

俺も利香ちゃんの気持ちを聞き、自分の気持ちを話す。

『巡くんとの子供がいたら、楽しそうだって思ったのは本当です。周さんが撮ってくれた写真を、子供はどんな気持ちで見るのかなって想像したら……楽しくて』

そう話す表情は不安よりも期待の方が多くあるように感じていた。

それから、一年は様子を見た。利香ちゃんは自身との対峙というか、絶対に間違えてはいけない選択だからと慎重だ。

外出すれば、利香ちゃんの視線は家族連れや小さな子供に向くことが多くなる。

俺はプレッシャーにならないように、なるたけ不自然にならないふりをして、子供を見ないようにしていた。

そうして、そのときがきて、利香ちゃんは俺との子供が欲しいと言ってくれた。

嬉しかった。

利香ちゃんが難しいと言うのならと思っていたのに、利香ちゃん至上主義な俺の胸からじわじわ嬉しさが全身に広がっていく。

本当は、子供が欲しかった？

いや違う、利香ちゃんのトラウマが薄れつつあるのが嬉しかったんだ。

その結果、子供を授かれるかもしれないこともすごく嬉しいのだ。

利香ちゃんひとりでも堪らん可愛さなのに、その利香ちゃんが産む子供なんて天使に違いない。

しかしここで、「やったー！」なんて言ったらいままで我慢させていたのだと、利香ちゃんはそう思ってショックを受けるだろう。

逆にノーリアクションなのも、やっぱり子供はいらないのかもと思われてしまう。

聡明な利香ちゃんなら俺の様子からわかってくれるだろうという考えをすっぱり捨て、飾って誤魔化したりしない素直な言葉を口にした。

「利香ちゃんがそう言ってくれたのを聞いたら、このあたりからじわじわ嬉しい気持ちがわいてきてるよ」

俺たち夫婦にもたらされるかもしれない、新たな分岐が心をあたたかくする。

心臓のある左胸に手を当てて、利香ちゃんに見せた。

「私も……巡くんの子供が欲しいって口にしたら、ここが、言えて良かったってドキドキしています」

利香ちゃんも、自分の心臓あたりを手で触れながら泣きそうな顔で笑った。

その夜。利香ちゃんは俺の腕のなかで熱い荒い息を整えながら、しがみついてきた。

俺は利香ちゃんを強く抱きとめて、大好きだよと何度も伝え夜が白むまで熱を分け合った。

しかし〝授かりもの〟とはよく言ったもので、翌月、利香ちゃんは生理痛でつらそうにしていた。

黙って抱きついてきた利香ちゃんの顔は、落ち込んでいた。

「赤ちゃん、できてるかもって……少し期待していたんです」

女性である利香ちゃんの方が、期待も大きかったのだと思う。

責任、みたいなものもだ。

「謝らないでね、ふたりのことなんだから。利香ちゃんがひとりで責任感じてたら、俺泣いちゃうからね」

「ふふ、泣いちゃうんですか」

「わんわん泣いちゃう、利香ちゃんが引くくらい。俺、子供の頃はやんちゃだったけど同時に泣き虫でもあったんだ」

繊細な暴れん坊だったと言うと、利香ちゃんは笑ってくれた。

元気出して、とは言わなかったのは、俺が利香ちゃんの立場だったら更に落ち込むからだ。

無理に笑わせたりはしたくない、ただでさえ生理で気分も優れないだろう。

その晩は利香ちゃんを抱きしめて、痛いという腰あたりをよく擦りながら眠りにつくのを見守った。

翌月は県外での演習があり、二週間ほど家をあけた。

利香ちゃんとメッセージのやり取りはしていたけど、やっぱり顔を見られないのはものすごく寂しい。

早く会いたい、ただいまって言ってぎゅうっと抱きしめたいと急ぎ足でマンションに帰り玄関を開けたときだった。

玄関先には利香ちゃんがすでに待ってくれていて、手には細長い小さな箱を持っていた。

「巡くん、おかえりなさい！」

「ただいま〜、会いたかったよぉ」

箱は気になるけれど、先に利香ちゃんを補充しなければ精神的によろしくない。

細い体を抱きしめると、「会いたかったです」と利香ちゃんが言ってくれた。

「……ところで、その箱ってなあに？」

「これはですね、妊娠検査薬です！　巡くんが先月ひとりで責任を感じるなって言ってくれたでしょう？　なら、ちゃんとふたりで一喜一憂したくて」

聞けば、予定日から十日生理が遅れているらしい。利香ちゃんの場合はほとんど予定通りにくるそうで、こんなに遅れているなんてはじめてだという。

「だから多分……と思って買ってきました。そうだとしても、違ったとしても、一緒に結果を見守っていてください」

「わかった。俺が帰ってくるまで、ひとりで検査しないで待っていてくれてありがとうー！」

その箱を受け取り、俺も説明書を熟読する。

それから「いってきます」と検査薬を持ってトイレにいった利香ちゃんをリビングで待った。本当はトイレの前で待ちたかったけど、それはダメと却下されてしまったからだ。

バタバタっと、すぐに利香ちゃんが検査薬を手に戻ってきた。

「この、判定と終了の窓の両方に線が出たら……妊娠なんだよね」

「そうみたいですね、説明書の写真だとそうでした……ううドキドキする」

白く細長いプラスチックの棒をふたりして穴が空くほど凝視する。

俺も同じくものすごくドキドキしている。

……すると、うっすら赤紫色の線が浮き出しているように見えてきた。

「きた、きた!?　わかんない、でも線が出てますか!?」

「俺は出てるように見える、見えるよ……！」

線はじわじわと濃さを増し、判定と終了の窓にそれぞれくっきりと線を残した。

「赤ちゃん、巡くんとの赤ちゃん……！」

「……利香ちゃんと俺に、家族が増える……すごい、すごいよ！」

わあっと利香ちゃんを俺をお姫様抱っこして、リビングをぐるぐる回る。そうでもしないと、喜び過ぎて爆発しそうだ。

「検査薬は、今日の記念に永久保存しよう！　写真に撮ってスマホの待ち受けにする！」

「保存は、衛生的にだめです！　待ち受けも……あは、あはは！　そんな待ち受け聞いたことない〜」

大笑いする利香ちゃんを抱えて、俺は嬉しい涙が自分の頬をとめどなく流れるのを感じていた。ふたりしてひとしきり笑って泣いたあと、静かにお互いの体を抱きしめてあった。

すでにいまからめちゃくちゃに愛おしい、俺たちの赤ちゃん。俺とどっちが元気で泣き虫か、比べっこしようね。

END

あとがき

はじめましての方も、お久しぶりの方も、この度はこの本を手に取って頂きありがとうございます。木登《きのぼり》です。

今回のお話は陸自、第一空挺団所属のヒーローです！

今まで書いてきた作品の中で一番年相応の青年らしく、元気で爽やかな甘え上手なでっかいワンコ系男子になりました。

カバーイラストを担当してくださった、うすくち先生。本当にありがとうございます！

巡や利香のイメージに完全ぴったりで、すごく嬉しいです！

皆さんカバーイラストの、巡の制服の名札を見て下さい。ちゃんと『廣永 巡』と名前が！

こんな細やかな箇所まで描き込んで下さり、ありがたいと担当編集さんと感動を分かち合いました。

今作は、そんなヒーロー・巡に出会い、静かに穏やかに生きていくと決めていたヒロイン・利香の人生がゆっくり賑やかになっていくお話です。

私の作品の中では珍しく巡が最初から割とぐいぐいいくタイプだったので、彼の行動を追いながら文字におこすのがとても楽しかったです。

過保護な兄たち、謎の村からやってきた美女、アンニュイな雰囲気のあるヒーローの弟と、脇役キャラもそれぞれお話を書きたいくらいお気に入りです。

特に周はお話がもう頭の中で始まっているので、いつか彼の物語をかたちにしてみたいです。

今回も沢山、担当編集さんたちにはお世話になりました。細やかなところまでしっかり見て貰えるので、安心して執筆ができました。

この本が完成して市場に流通するまで、関わって下さったすべての皆様、いつもありがとうございます。

そうして読者様。この本を読んで、少しでも楽しんで貰えていたら嬉しいです。

木登

参考文献

『自衛隊DVDコレクション』9号、デアゴスティーニ・ジャパン、二〇一九年
『MAMOR』二〇一七年六月号、扶桑社、二〇一七年
『ブルーインパルス パーフェクト・ガイドブック』イカロス出版、二〇二〇年

ファンレターの宛先

マーマレード文庫をお買い上げいただきありがとうございます。
この作品を読んでのご意見・ご感想をお聞かせください。

宛先 〒100-0004 東京都千代田区大手町1-5-1 大手町ファーストスクエア
イーストタワー19階
株式会社ハーパーコリンズ・ジャパン マーマレード文庫編集部
木登先生

マーマレード文庫特製壁紙プレゼント!

読者アンケートにお答えいただいた方全員に、表紙イラストの
特製PC用・スマートフォン用壁紙をプレゼントします。

詳細はマーマレード文庫サイトをご覧ください!!
公式サイト
@marmaladebunko
SNSもチェック!

マーマレード文庫

お見合いから逃げ出したら、助けてくれた陸上自衛官に熱烈求婚されることになりました

2024年6月15日　第1刷発行　定価はカバーに表示してあります

著者　木登　©KINOBORI 2024
発行人　鈴木幸辰
発行所　株式会社ハーパーコリンズ・ジャパン
東京都千代田区大手町1-5-1
電話　04-2951-2000（注文）
0570-008091（読者サービス係）
印刷・製本　中央精版印刷株式会社

Printed in Japan ©K.K. HarperCollins Japan 2024
ISBN-978-4-596-63622-5

m a r m a l a d e b u n k o

ワイルド・フォレスト

サンドラ・ブラウン

松村和紀子 訳

TWO ALONE
by Sandra Brown
Translation by Wakiko Matsumura

mira

TWO ALONE

by Sandra Brown

Published by K.K. HarperCollins Japan, 2022